CONFINADOS

JOÃO BATISTA DE ANDRADE

CONFINADOS

MEMÓRIAS DE UM TEMPO SEM SAÍDAS

PRUMO
leia

Copyright © 2013 João Batista de Andrade

Todos os direitos reservados. Nenhuma parte desta obra pode ser reproduzida ou transmitida por qualquer forma ou meio eletrônico ou mecânico, inclusive fotocópia, gravação ou sistema de armazenagem e recuperação de informação, sem a permissão escrita do editor.

Direção editorial
Jiro Takahashi

Editora
Luciana Paixão

Editora assistente
Anna Buarque

Preparação de texto
Rosana Ribeiro de Morais

Revisão
Márcia Benjamim
Sylvia Lohn

Diagramação
Rita Mayumi

Produção e arte
Marcos Gubiotti

CIP-Brasil. Catalogação na fonte
Sindicato Nacional dos Editores de Livros, RJ

A567c Andrade, João Batista de, 1939-
Confinados: memórias de um tempo sem saídas / João Batista de Andrade. - 1. ed. - São Paulo: Prumo, 2013.
192 p.: il.; 21 cm.

ISBN 978-85-7927-291-2

1. Romance brasileiro. I. Título.

13-02866

CDD: 869.93
CDU: 821.134.3(81)_3

Direitos de edição: Editora Prumo Ltda.
Rua Júlio Diniz, 56 – 5º andar – São Paulo – SP – CEP: 04547-090
Tel.: (11) 3729-0244 – Fax: (11) 3045-4100
E-mail: contato@editoraprumo.com.br
Site: www.editoraprumo.com.br
facebook.com/editoraprumo | @editoraprumo

*Para Berê, personagem de ficção
que tanto me ajudou neste romance.*

Agradecimentos: *João Silvério Trevisan, Ariane Porto,
Ignácio de Loyola, Luiz Avelima pelas leituras críticas.*

Pode um leitor ou leitora mudar os rumos de um romance, matar personagens, livrar outros da morte ou do sacrifício?

Pois eis aqui um exemplo de que isso é possível.

Mais do que possível, às vezes pode pelo menos parecer necessário, se o próprio autor não encontra o destino final de sua própria trama...

Portanto, leitor, não se fie completamente na imaginação do autor.

Você, como um leitor especial deste romance, pode mudar tudo.

Vá até o fim e confira!

Proponha, mude, mesmo que seja para que tudo continue como está.

Pois se uma pessoa pode mudar uma história abre-se uma nova chance para a vida.

Quem sabe uma pessoa possa, com um gesto, uma opinião, mudar o mundo?

este é um romance de ficção, fruto da imaginação em geral delirante do autor. Qualquer semelhança com fatos e pessoas reais será mera coincidência.

"a realidade é fugidia, engana sempre os que sonham em aprisioná-la. O real aqui são as palavras. A relação entre as palavras e a vida real é tarefa do leitor"

 # DESAFIOS

    Viver é viver nas grandes cidades. Ah, a adrenalina! Onde mais essa senhora esperta corre tão solta e a vida mais se valoriza no enfrentamento dos desafios, oportunidades, perigos? E interessa pouco saber em quais países, em quais cidades, se ricas, se pobres, se miseráveis. Nova York? Mumbai? São Paulo? Buenos Ayres, Rio, Caracas, Florianópolis, México... As oportunidades são muitas e oportunidades geram perigos. Não há vida fácil. Há o medo, oportunidades geram também o medo. Há o que perder, bens, posições, empregos, aparências, ações, ou o próprio futuro que as pessoas imaginam para si e para a família. Ah, e tem os sonhos. Os sonhos são muitos, tiroteio algum os alcança. Igrejas lotadas, cinemas, teatros, parques temáticos, moda, promessas de saúde e beleza eternas, encontros... E nem interessa onde se mora. Se nas favelas, é porque o futuro ainda não chegou. Se nos bairros de classe média, ah, o futuro está a caminho. Se nos bairros e casas chiques, o futuro já incomoda, enfadonho. Uma coisa parece impossível: ficar parado. Cada um trilha seu rumo, interessa pouco se num deserto ou se em meio à multidão. Se no deserto, o caminho busca a multidão. Se na multidão, o caminho busca o deserto onde se espera chegar com as mãos carregadas de glórias. E ninguém para dividir, ameaçar, pilhar. Futuro? – o futuro é agora, na luta. Discutir o quê? – como vai ser? – como deveria ser? – coisas do passado. Governo, política? – que pelo menos não atrapalhem. O futuro se faz mesmo é agora, nessa aventura urbana. Aventura que muitas vezes se torna dramática. Em

meio ao prenúncio de caos, pessoas seguem as trilhas do possível. Nada mais do que isso, aprisionados muitas vezes por suas próprias lógicas, dirigidos por seus ídolos, seus passados, seus chefes. Ah, sim, sempre há os chefes e são ainda mais "chefes" quando todos se sentem sem caminhos. Neles, nos "chefes", encontram o caminho. Não mais o perdido, mas o caminho proposto por eles, embora também estejam perdidos. Destinos se cruzam na solidão dessas vidas, confinadas em suas próprias ilusões, suas fugas. Sem saídas, prisioneiras de suas próprias lógicas. Em dias de uma estranha guerra, incapazes de serem, de fato, livres, muitos personagens vivem aqui suas vidas como quem apenas cumpre suas funções, seus medos, sem sonhos, sem futuro. Outros, prisioneiros de suas próprias escolhas. Aqui nos encontraremos com essa fauna urbana de um momento de transição na vida desse país, desse planeta. Olavo, o fotógrafo paulistano com seus delírios, Moreno, com sua ambiguidade e sonhos, Júlio, o arquiteto em sua solidão, Deodato, Berê, Jafé, Caninana..., gente do povo à mercê de seus destinos.

Meu amor
A noite está tão escura
Que não consigo te ver
... ...
Estou sofrendo
No peito de Deus

(de uma canção curda)

Numa grande cidade qualquer...

 # BRANQUELA

Eles vão me matar!
Calma, maninho, calma.
Eu estou desesperado, Berê...
Eu sei, eu estou vendo...
Que merda, que merda! – minha vida acabou...

Mauro se jogou na cadeira e apoiou o rosto na mesa da cozinha, os braços enlaçados sobre a cabeça como se assim se protegesse do perigo.

Minha vida acabou, Berê, eu não tenho como me livrar dessa agora...

Acabou não, querido, não chore. E nem fale tão alto, o doutor Júlio pode escutar.

O rapaz chorava copiosamente, tentando em vão abafar o choro com os braços, as mãos. E até mesmo com um pano de prato que Berê jogou sobre ele enquanto saía para ver, da sala da grande casa, se Júlio não estaria ouvindo tudo.

De volta à cozinha, observou com muita pena o rapaz ainda mergulhado em seu desespero. Mauro era um tipo estranho, muito magro, alto, exageradamente branco, justificando o apelido de "Branquela", como era conhecido na região. Seu trabalho... bem, seu trabalho era fazer tudo para os ricos moradores da região, como um correio pessoal. Entregas, levando ou trazendo encomendas, compras de supermercados, farmácias, bares, bancas de jornais. Para aquela casa, costumava levar os remédios do arquiteto Júlio dos Santos. E Berê sabia que as entregas, as encomendas, nem sempre eram tão inocentes...

Branquela não conseguia conter o choro e Berê resolveu sentar-se ao seu lado, livrar seu rosto da proteção dos braços e obrigá-lo a falar.

Vamos lá, Branquela. Vai logo dizendo qual é o drama...
Eu estou perdido, Berê...
Isso você já disse, querido. Quero saber tudo, tudinho.

Branquela pareceu se animar, certamente contando com a ajuda daquela moça tão bonita que ele conhecia e admirava quase como uma deusa nos desfiles da Escola de Samba da Vila. Tentava parar de chorar, falar, mas as palavras não saíam. Olhava para Berê como um animalzinho encantado, buscando proteção, transmitindo o desespero de quem não via saída para sua situação. Berê resolveu quebrar esse clima jogando suas cartas sobre a mesa.

Você vendeu suas drogas e gastou o dinheiro, é isso? – e agora *não tem como pagar o porra do traficante.*

Branquela arregalou os olhos, espantado com a precisão com que a moça descrevia sua situação.

Era isso.

E o traficante agora te ameaça, primeiro com uma grande surra, depois com a morte.

É isso, é isso, choramingou o espantado Branquela.

O rapaz se levantou, ergueu a barra das calças e exibiu suas finas pernas carregadas de vergões e cicatrizes. Diante do espanto de Berê, ergueu também a camisa mostrando a barriga e as costas, excessivamente brancas e marcadas pela violência de pancadas e sinais ainda cicatrizantes de longos cortes que formavam um tétrico desenho em seu corpo.

Meu Deus, murmurou Berê, *meu Deus...*
Apanhar eu já apanhei... agora vão me matar...

Sem se deixar abater pela visão terrível, Berê resolveu agir.

Quanto você deve, Branquela?
Oitocentos...

Espera aqui, eu já volto.

Saiu da cozinha para a pequena sala de jantar e de lá para o salão nobre da casa, ornado por peças finas e quadros valiosos que quase cobriam as paredes. Subiu as escadas, decidida. E logo voltou com um pacote de dinheiro nas mãos.

Tá aqui, eu te empresto esse dinheiro.

Onde você arranjou isso?

Isso não é da sua conta! Vai, vai embora, paga logo esse desgraçado e aprende a lição. Vai embora, antes que eu me arrependa. Vai! Vai!

SÃO OS BANDIDOS, ESTÚPIDO!

A noite de ontem foi tomada por uma onda inesperada de violência. Bandidos agiam por toda parte, assustando a população, atirando em carros, incendiando ônibus. Várias delegacias foram metralhadas, deixando marcas de tiros espalhadas pelas paredes externas, mostrando a audácia dos bandidos. A população foge desesperada, tentando escapar dos tiros e dos ataques à bomba.

Os ataques repercutiram intensamente na mídia brasileira e internacional. Além dos tiros e das bombas, os boatos alarmistas agravavam o pânico entre as pessoas. Elisário de Freitas, contador, 38 anos, foi encontrado caído na rua, ferido. Levado em estado grave para o hospital, disse à polícia que um carro cinza passou com bandidos atirando pela janela. Maria Castelani, desempregada, 52 anos, foi outra das atingidas, mas sem gravidade. Tomados pelo medo, muitos moradores se recusaram a sair de casa, confinados pelo terror que tomou conta da cidade.

MORENO

Por todo lado, tiros, correrias, medos.

O barulho parecia dramatizado pelos gritos, selvageria de bandidos e policiais armados. Viaturas ainda chegavam freando ruidosamente, fazendo os pneus cantarem no asfalto esburacado da rua de periferia. Um homenzinho simples, de roupa comum, a pele de um moreno claro sem particularidade alguma, o porte e a expressão de um jovem envelhecido, atravessou correndo a rua movimentada, procurando o abrigo do velho muro junto ao ponto de ônibus. Dali poderia assistir tudo, sem denotar medo nem espanto diante do espetáculo de violência armado à sua frente. Parecia acostumado com tudo aquilo. Esperava apenas que tudo acabasse, que os bandidos se entregassem ou que seus corpos surgissem, enrolados em lençóis manchados de sangue trazidos pelos policiais. Sabia que esse era o final previsível de tudo, os mortos. Esgueirando-se junto ao muro, o homenzinho foi deixando a cena, buscando abrigo na velha padaria do bairro, uns poucos quarteirões à frente. Era melhor nem olhar para trás, seguir em frente, mostrar que nada tinha a ver com todo aquele carnaval sangrento. Respirou fundo, procurou absorver a incrível calma da rua.

O dia amanhecera tristonho, a fumaça das fábricas escurecendo a densa neblina que cobria o bairro feio, as casinhas mal construídas nas encostas dos morros. Uma paisagem pobre que se perdia até o horizonte, abrigando centenas de milhares de vidas simples, sem muitas exigências, poucos sonhos. As pessoas apenas seguiam suas vidas, seus cotidianos banais. A disputa por lugares nos ônibus, a pressa dos automóveis, os colegiais.

Antônio Luiz de Moura, eis o nome de registro do homem, nome que jamais foi e nem seria usado por qualquer amigo ou parente. Nem mesmo pela esposa. "Moreno" era o apelido de infância, do tempo em que chutava velhas bolas de futebol nos campos enlameados do bairro. Do tempo em que ensaiava sua batucada na caixa de engraxate, ganhando a vida pelas ruas da cidade. Da infância pobre e livre quando o lazer principal era o banho nas lagoas de extração de areia.

E o nome ficou assim, Moreno.

Nesses quarenta anos de sua vida o bairro de Vila dos Areões havia mudado muito. Pensando bem, mudado demais. De um bairro aprazível, pequeno, tranquilo e familiar de sua infância, tornou-se uma espécie de cidade sem fim, exemplo terrível de violência, medo, assassinatos, palco de confrontos entre gangues. E a polícia, com quem todos aprenderam a conviver sem nunca confiar plenamente. Como pôde a cidade mudar tanto em tão poucos anos? Mudança que o próprio Moreno não percebera no passar lento dos anos, o correr enganoso do cotidiano. Filho único, Moreno viu morrer seus pais ainda pequeno. Criado por vizinhos, enfrentou a vida sem medo, com seu porte miúdo, seu jeito educado, a fala mansa e de poucos sorrisos.

Antes de acender o cigarro, Moreno ainda seguiu o olhar pela paisagem pobre e sem nuances de seu bairro, as casinhas simples e inacabadas de sempre. Numa daquelas casinhas estaria sua própria casa. Uma casa pequena, mas de alvenaria, construída por ele próprio, motivo de orgulho de sua família. Uma família também pequena, na vida simples e despretensiosa do bairro. Dois filhos pequenos e Lidiana, a mulher. Esse era o centro de seu mundo e para ele Moreno dedicava todo o tempo de sua vida. Incomodava-o apenas a insegurança, o perigo de suas escolhas. Acabara de ver como terminavam as vidas de pessoas que, como ele, haviam passado para o crime. Não, não se considerava criminoso. Apenas fazia seu serviço, as entregas, as cobranças, os pagamentos. Desde que começou naquela vida, tudo fez para não sair desses limites, deixando que outros mais aventureiros e mais ousados agissem quando fosse preciso, atendendo aos terríveis mandos dos chefes. E sempre havia os mais jovens, mais afoitos e perigosos. Jovens que duravam pouco, no enfrentamento fatal com a polícia ou com outras gangues.

Até ali Moreno conseguira escapar dessa lógica violenta da marginalidade.

Mas até quando?

Tentando equacionar um futuro melhor para a mulher e os filhos, Moreno fazia planos. Um dia sairia daquela vida. Precisava fazer uma poupança, acumular algum dinheiro e sair enquanto podia. Ainda mais agora. Com essa guerra anunciada, prometida e cumprida, tudo ia ficando mais difícil. E ultimamente vinha sentindo que aumentava a pressão para que assumisse tarefas mais violentas. Era preocupante também que sua esperteza, escapando dessas tarefas, a cada dia parecia provocar mais ciúmes, principalmente entre os novos companheiros. Espantou os pensamentos, encostou-se à parede grafitada da velha padaria do bairro, o pé esquerdo com a sola apoiada na pintura, justamente a cativante imagem grafitada, a menina carregando uma enorme metralhadora. Por hábito de segurança, varreu o ambiente com olhos atentos a qualquer presença suspeita. Era uma sensação ruim. Ali era seu bairro, sua cidade, ali fora criado, fez amigos, namorou, teve filhos. No entanto cultivava essa estranheza, como se seu próprio mundo estivesse pronto para traí-lo, para agredi-lo.

Uma equipe de TV filmava tudo e Moreno teve a impressão de que haviam focado nele, no momento em que atravessava a rua, fugindo. Não gostava nada disso, ver sua cara exposta na TV. O que as pessoas que o conheciam poderiam pensar? Nada de bom. Pois sempre procurara ser discreto, chamar pouco a atenção. E fazer seu "trabalho" da mesma forma, sem nunca se meter nessas brigas, nessa violência.

E violência, Moreno sabia, é o que não faltaria naqueles dias.

OLAVO

"O homem, Olavo! o homem precisa falar com você!"

A luz. Olavo só percebeu depois, acesa. Era o que incomodava seu pesado sono, apesar de ter se deitado praticamente naquele instante. Era sempre assim, o travesseiro tinha a magia de transportá-lo desse mundo. Não sabia se pelo desejo de sonhar, se pela ânsia de escapar da dura realidade em que vivia. Queria se levantar, abrir os olhos, procurar de onde vinha tanta claridade. Mas a vontade de se levantar, de agir, não o tomava por inteiro. Era uma vontade fraca, sem um desejo forte capaz de vencer o marasmo, a pasmaceira. *Na verdade estou assim na vida, nessa inércia sem sentido, como num deserto iluminado. Bobagem insistir, o corpo pesado, indiferente à debilitada vontade.* Pela janela do apartamento podia-se observar a velha cidade, o centro histórico com suas ruas estreitas, seus prédios antigos e abandonados, como em qualquer grande cidade do Terceiro Mundo. Na luta por algum progresso, as cidades abandonam seus passados, seus prédios transformados em monumentos a um tempo esquecido, descartados como pura velhice. Um cemitério de prédios que ainda revelam a exuberância vazia da época em que imperavam, em que alardeavam o progresso. Prédios que agora mais pareciam imensas lápides num cemitério urbano. Muitos deles tomados por movimentos de sem-tetos, pichados, vulgarizados não mais pelo progresso que os abandonara, mas pela crise desse novo progresso. Uma paisagem suja, ar de abandono. Olavo gostava de ficar ali, à janela, refletindo sobre a cidade, sua glória e decadência com suas construções tão antigas que eternizavam aquela aparência de uma cidade inacabada. *Se nada for feito ali, o futuro nos brindará com belas ruínas.* Mesmo assim, o velho centro da cidade provocava em Olavo um certo encantamento. Como fotógrafo, gostava desse passado quieto, abandonado. Um espaço urbano bem mais silencioso do que as áreas novas da cidade, tomadas pelo frenesi vazio da modernidade. Gostava de ficar ali, à janela do apartamento, imaginando-se caminhar por aquelas ruas estreitas, os calçamentos de pedras imensas, os prédios de portas altas e imponentes. Era como ser dono de um passado de glórias, de conquistas, de construções esmeradas além do espírito comercial, marcadas pelo gosto dos construtores e dos proprietários. Quantas fotos suas haviam registrado aquela paisagem silenciosa, os porteiros que pareciam vir do passado, o *art nouveau* ocultado pelo amontoado de prédios que impediam a visão dos conjuntos arquitetônicos.

Olavo dormira de luz acesa, o sono inquieto e os sonhos carregados de um cotidiano estranhamente real. No sonho, via-se sozinho em uma rua muito larga, calçada de paralelepípedos, deserta e iluminada apenas pelos focos de luz de postes de madeira, retorcidos e sujos. Uma voz metálica dizia que ele precisava estar lá, que o Homem o receberia, que abriria os braços e exibiria aquele sorriso cativante, o olhar brilhante.

Que homem?

E por que eu?

Para entender, precisava fazer uma coisa difícil, mas possível: dormir e voltar ao mesmo sonho, como fazia com os DVDs. Jogou-se pesadamente sobre a poltrona da sala e fechou os olhos. Precisava entender, ver o que significava aquela voz, aquelas palavras. Só assim, voltando ao mesmo sonho.

O homem quer falar com você.

E esse "o", antecedendo "homem", dava um sentido imponente para o chamado. Não seria um homem qualquer, seria "o" homem, quem sabe com "h" maiúsculo.

O Homem.
Mas o sono lhe escapava, por mais que tentasse dormir. Precisava de alguma coisa, talvez um cigarro... um cigarro... ou alguma coisa mais decisiva, mais radical... Dentro da gaveta do móvel da TV, o cigarro feito, enrolado sem cuidado, talvez na pressa de controlar alguma emoção forte. Ou, quem sabe, em algum momento em que tentara livrar-se daquilo que temia mais do que a morte. A depressão. No fundo da gaveta, numa pequena caixa de remédio, estaria o que mais desejava. Não que fosse exatamente um viciado, um consumidor insaciável dessas *"companheiras"*, como costumava dizer. Simplesmente achava que, numa cidade grande, as drogas faziam parte do cotidiano de qualquer cidadão. E não havia como negar, precisava delas em muitos momentos, antes que o desespero da solidão tomasse dolorosamente sua vida. Pensando nisso, abriu o pequeno porta-joias guardado dentro da gaveta, onde disfarçadamente escondia os pequenos papelotes. Como temia, restava apenas um.

Um só.

Uma dose, nada mais.

Poderia confiar na pontualidade do fornecedor?

Moreno era o rapaz que o servia. Um tipo miúdo, moreno, como dizia o próprio nome ou apelido. Calmo, tranquilo, de pouca conversa. Olavo o considerava um bom sujeito, apesar da profissão. *Mas quem pode, com toda sinceridade, condená-lo por isso? – mais justo seria cada usuário se condenar a si próprio, como responsável, em grande parte, pela existência de traficantes.* Precisava confiar na pontualidade de seu fornecedor.

Moreno não vai me deixar na mão...

OS ATAQUES NÃO CESSAM, DIA E NOITE.

Os policiais militares têm sido o alvo principal dos traficantes.

Até agora já foram contabilizados mais de duzentos ataques a prédios públicos e delegacias. Dezoito ônibus foram queimados, dois deles ainda com os passageiros dentro deles, provocando várias mortes e ferimentos graves em dezenas de pessoas. Uma mulher grávida perdeu o bebê depois de sofrer queimaduras graves no rosto.

Rebeliões, protestos de presos, ameaças, fogo em colchões, – também nos presídios a situação ainda é alarmante...

A verdade é que a cidade está paralisada, tomada pelos bandidos.

Nada funciona, o comércio sequer abriu e muitas fábricas dispensaram seus operários, determinando que voltassem para suas casas.

Os bandidos nas ruas, pontes, viadutos, praças. E os cidadãos confinados dentro de suas casas.

Ao que parece, marginais agem em protesto contra as medidas de confinamento de líderes de facções criminosas. Esses acontecimentos podem influenciar até mesmo o resultado das eleições deste ano, para os governos estaduais e a presidência da República. Certamente o episódio será explorado politicamente, apesar dos desmentidos.

Épocas eleitorais parecem propícias para esse tipo de acontecimento. Ainda no regime militar, nem bem o oposicionista Franco Montoro tomava posse como Governador do Estado de São Paulo e a capital paulista era tomada por uma violência nunca vista, carregando o novo governo de incertezas.

 JÚLIO

Pá, pá, pá!
Tiros, tiros, correrias, gritos, câmeras ágeis e cinegrafistas corajosos. A repórter, bonita, o cabelo bem penteado, corre junto a policiais. Encanta com sua voz ofegante, tendente à confidência, à intimidade...

O arquiteto Júlio, a expressão abatida, o corpo septuagenário apoiado na cadeira, diante do computador, pouco se ligava diante do espantoso noticiário de TV. Teclou ainda algumas palavras, salvou e se rendeu às imagens da TV. Sua atenção estava convenientemente voltada para a jovem repórter, com sua sensualidade em meio a tantos movimentos, luzes, sirenes. *Coisa espalhafatosa e inútil. A única coisa que presta em tudo isso é a repórter.* Júlio reparava que a moça também estava protegida com o colete à prova de balas, conformando seu corpo cujas curvas nem a pesada roupa conseguia disfarçar. O *jeans* colado ao corpo, o colete estufado pelos seios generosos. Júlio gostava de seu jeito de transmitir a notícia colocando-se justamente em meio ao perigo. Sempre com emoção, ofegante. Como num jogo de futebol, dramatizando os acontecimentos, as trocas de tiros, o medo. Sensualidade pura, a boca bem feita sussurrando esses perigos como se falasse ao ouvido do espectador.

Corajosa... Ou tudo seria pura enganação? E que importa? A bela repórter era o centro do espetáculo. Todas as notícias ruins deveriam ter uma repórter assim...

Suspirou, crítico, depois que a repórter se apresentou.
"Cylene Godoy, para o "Vida Urbana"...
Na verdade tudo aquilo lhe parecia uma encenação ridícula. Polícia, bandido, exército, helicópteros, gente ganhando para fazer esse filme "C" que nunca acabava, dia após dia e que sempre tem seu público. Coisa enjoada.

Guerra de bandidos e polícia? – só coisa arranjada, castigo para quem não está no esquema...

Desligou a TV, com enfado.

Brigas de policiais e bandidos eram o feijão com arroz da vida brasileira. Coisa cansativa, enjoada, que Júlio via agora como uma repetição sem fim, setenta anos do mesmo. A vida repetitiva e sem solução. *Tem gente que ainda acredita...* O pensamento vinha com um certo amargor, como se negasse quase toda sua própria vida de lutas e projetos para o futuro. E trazia para o centro de seus sentimentos a solidão em que se via distante de tudo, de todos. Cético e, muitas vezes, portador de um incômodo cinismo desenvolvido nos últimos anos de sua vida.

Depois dos setenta, lá se foi a vida. Nem política, nem aventuras, nem esperanças, nem futuro. A diversão maior é contar quantos anos faltam para o fim.

Riu da *"ridícula"* dramaticidade de seu próprio pensamento. Amanhecera o dia assim, tomado por um mal-estar sem jeito, sem lugar. Como se tentasse fugir de si mesmo, andava sem motivo algum pela casa espaçosa. Da cozinha para a sala, da sala para o corredor que dava para sua sala de trabalho, dali para a segunda sala junto aos quartos, dali de volta, sala de trabalho, corredor, sala, cozinha... Poderia estender essa caminhada pelo quintal ou pela varanda da casa, de onde teria um naco generoso de paisagem, a mata preservada do Parque da Cidade, onde construíra sua requintada casa de arquiteto, um pouco como um elogio à sua criatividade, um pouco com a ideia de um refúgio da vida urbana. Mas seu espírito teimava em não sair. Nem para a rua, nem para a paisagem. Afastou da cabeça o pensamento insistente de que deveria tentar se aproximar de novo da política, que ali estavam seus amigos, seus companheiros de toda sua vida, desde a universidade, mais de cinquenta anos atrás. Sentou-se de novo diante do computador, tentando se livrar de tantas informações daquela guerra sem fim. Sem conseguir retomar o texto, digitou palavras que pareciam pedir para que fossem escritas.

A solidão não vai conseguir vergar minha coluna.

Moreno sabia, aquele e muitos outros dias seriam verdadeiros dias de cão. A cidade que se preparasse. Dentro da padaria, enquanto tomava seu café, folheou o velho jornal abandonado sobre a mesa. Notícias velhas, mas não para quem jamais lia um jornal e nem gostava de ouvir os noticiários. Nunca se interessava, quem sabe até por medo de ver ali a notícia sobre ele mesmo, a mais temível de todas. *"Homem moreno morto em batida policial contra traficantes na Vila dos Areões".* Na primeira página do jornal, chamou sua atenção a foto grande de jovens em alguma rua de alguma cidade, tudo sob a fumaça de bombas que pareciam explodir no exato momento da foto. E policiais, muitos policiais, carros blindados, cavalos, cães, cassetetes ameaçadores, rapazes e moças atingidos pela violência da polícia. Já vira tanto confronto assim, explosões, tiros, gritarias. Mas não com pessoas como aquelas, garotos ainda, enfrentando a fúria da polícia. Num dos cartazes, que um dos policiais tentava arrancar das mãos de uma jovem, Moreno pôde ler parte da frase que o desconcertou: *"Pueblo unido, jamás..."*

Pueblo?

Antes mesmo de tentar elucidar o enigma, levantou-se com agilidade, o coração subitamente acelerado. Alguns policiais entravam na padaria. Metralhadoras, fuzis, revólveres. Expressões duras, cultivadas para intimidar as pessoas. Moreno os observava com discrição. Sabia que por detrás daquelas máscaras estavam pessoas comuns e carregadas de erros, muitas vezes em oposição ao que tentavam expressar nos rostos duros e profissionais. Corrupção, extorsão, conluio com o crime organizado que diziam combater... Algum daqueles homens estaria fora dessa realidade? Moreno duvidava, mas sabia que era preciso sempre estar atento, nem provocá-los e nem se aproximar demais. Os chefes sempre sabiam como se relacionar com eles. Os pequenos, como Moreno, deviam sempre manter a distância segura que a vida recomendava. Dobrou o jornal e o depositou sobre a mesa, no mesmo lugar em que o encontrara. Teve ímpetos de levar um recorte com a foto dos jovens em luta com os policiais. A foto com a frase enigmática e a palavra *"pueblo"*. Mas conteve-se. Não podia ser leviano, colocar sua segurança em risco, chamar a atenção do próprio dono da padaria só por uma foto. Era preciso fazer tudo sem precipitação, fora preparado para isso na vida. Jamais demonstrar qualquer receio, incômodo diante dos homens armados.

"Pueblo"...

Os policiais, depois de marcarem o território com sua poderosa presença, se divertiam com o dono da padaria. Vangloriavam-se espalhafatosamente do resultado da batida que haviam realizado no bairro. O saldo era espalhafatosamente comemorado: dois traficantes mortos, um casal de menores detidos, quinhentos gramas de cocaína, crack, maconha, dois revólveres e até uma granada velha que não servia mais do que para assustar os policiais.

Um dos policiais, miúdo, pareceu olhar Moreno com insistência. Moreno ajeitou-se na cadeira, virando o rosto num movimento calculado, procurando disfarçar a intenção de escapar ao olhar que o incomodava. Nada demais além do medo e do instinto de defesa. *Nada demais, nada.* O policial logo se misturou aos outros colegas, aderindo aos riscos e às comemorações de vitória contra os bandidos.

Eles que venham... Se estão querendo briga, eles vão ver o que é briga de verdade...

Parecia ser o chefe, moreno, forte e alto, que falava batendo vigorosamente a mão direita no coldre onde repousava seu maior argumento, o revólver 38 carregado de balas. Moreno olhou para sua própria mão, onde repousava o celular. Precisava decidir. E a decisão veio, não sem um prévio suspiro de temor e conformismo. Aquele seria sim um dia de cão, e a cidade não teria como se defender, se os "chefes" conseguissem realizar o que haviam planejado em segredo. Dia ruim também para uma conversa. Mas teria que ligar para o Chefe. Sem pressa, contendo a ansiedade e a dúvida, levantou-se. Precisava sair daquele ambiente carregado para falar com o Chefe. Num repente, ocultando o medo, rasgou o pedaço de página com a foto, guardando-a no bolso da calça. E saiu, evitando o olhar de amigável crítica do dono da padaria, velho conhecido e cliente. Não deveria ter feito aquilo, pondo em risco sua segurança. Mas a curiosidade fora maior. Não saberia explicar o que o atraíra tanto na foto do jornal. Talvez a imagem de jovens enfrentando policiais. Ou a frase, enigmática, no cartaz carregado pela garota.

"Pueblo..."

Olavo confiava em seu fornecedor. Moreno não faltaria, como nunca faltou. *A não ser que...* sim, desde cedo os noticiários não paravam de falar da violência que parecia ter tomado conta da cidade. A ponto de autoridades recomendarem que ninguém saísse às ruas sem necessidade. Tudo começara ainda na madrugada. *As madrugadas são sempre fantasiosas, carregadas de perigos, nas grandes cidades.* Já se contabilizavam dezenas de ações simultâneas, espantando pedestres e o sono dos cidadãos. Assaltos, ataques a delegacias, tiros para o alto. Tiros, tiros, tiros... Falava-se ora de uma guerra entre traficantes, ora do ataque de todos, unidos, contra a polícia. Uma guerra. Olavo não sabia bem qual a ligação de Moreno com essas gangues. O rapaz não parecia bandido, com seu jeito tranquilo e de paz, a delicadeza no olhar e no falar. Entregava a encomenda, recebia o dinheiro, respondia a qualquer pergunta com poucas palavras, sorria e ia embora. Não parecia um bandido. *Mas quem pode saber o que se passa nas vidas das pessoas? Cidade grande é um poço de mistérios e segredos nunca revelados.* A lembrança do estranho sonho dispersou esses pensamentos que pareciam levá-lo mais para um estado de reflexões do que gostaria naquele momento, esperando o efeito da droga. Que voz seria aquela que repetia que "*o homem quer te encontrar...*"

Encontrar onde?

No sonho?

E que "Homem"?

Lembrou-se de uma experiência curiosa, – e também muito estranha, em sua vida de fotógrafo. Também ali havia essa ideia de um estranho "homem". Decidido, aproveitando a lucidez que logo o abandonaria, abriu um de seus arquivos. Organizado como era, logo tinha à mão a foto que procurava: um homem estranho, dentro de uma cela, sozinho. Uma foto que recebera de presente de um amigo goiano, Aloysio Pontes, também fotógrafo. Tomado por essa lembrança, procurou, na organizada estante da sala, um pacote de folhas pequenas, como fichas de um quarto de página, agregadas por um elástico.

Na capa, o título "O estranho caso de LHS".

Tentado a reviver aquela inusitada história, e com o sentimento de que aquela narrativa teria algo a ver com seu sonho, começou a leitura. Tantas vezes havia relido aquilo, o pacotinho de folhas guardado com cuidado em sua estante! Tudo lhe parecia um enigma não desvendado, um desafio que ele jamais pôde resolver. Depois de tantas leituras, já não sabia mais o que inventara ao escrever e o que teria acontecido de fato. Acomodou-se de novo na poltrona e começou a leitura.

> O estranho caso de LHS
>
> "Eu o conheci assim, em seu formato impreciso, a volatilidade de uma ou outra parte de seu corpo. Nós estávamos no aeroporto Santa Genoveva, em Goiânia, eu e um casal de amigos, aguardando meu voo para São Paulo. Lembro-me do clima estranho e do calor. Nem o ar-condicionado superava aquele calor e a secura da atmosfera do Brasil Central. Meu amigo fez a apresentação. "Olha, esse é o L.H.S", nominando-o pelo extenso nome, completo, coisa nada habitual entre nós. "Leonardo Honório da Silva". LHS não gostava que o chamassem pelo nome verdadeiro, preferindo a sigla. Quem sabe julgasse isso mais impactante, mais proveitoso... Pois, como veremos nessa narrativa, LHS já era um homem conhecido, pelo menos em Goiás. E, mais do que isso, era visto pela opinião pública como promessa de uma forte presença no cenário político local e

nacional, apesar de sua insistência em negar qualquer pretensão política. Negação, aliás, que não impedia o permanente assédio de políticos de todos os partidos, que viam naquela figura carismática uma mina eleitoral. LHS. Mesmo me lembrando de tê-lo visto pela TV e de ter lido algumas reportagens a seu respeito, a impressão que me ficou desse encontro foi exageradamente forte. Olhando para a feição tranquila do amigo que fazia nossa apresentação, nada parecia justificar minha reação. Aloysio Pontes era também fotógrafo, mineiro, descendente de polacos catarinenses e de uma família de Belo Horizonte. Ele estava ali, em Goiás, acompanhando sua mulher, Karin, também minha amiga, que organizava um desfile de modas em Goiânia. E, por amizade, me acompanharam até o aeroporto. Karin é goiana típica, de uma beleza interiorana em que muitas raças, principalmente negros, índios e portugueses, levados pelos bandeirantes, se juntaram para criar o tipo mais brasileiro de beleza. E em seu belo rosto eu também não percebia qualquer sinal de estranheza, nas rápidas miradas que lhe dirigia, na esperança de que ela compartilhasse comigo daquela inquietação. A verdade é que eu sempre evitara olhar por mais que alguns segundos para Karin, temeroso de um problemático encantamento, tal a sua beleza. Estava claro que, para ela, nada de anormal acontecia ali entre nós. Mas eu sabia que alguma coisa extraordinária e inquietante acontecia à nossa frente, com aquele homem.

Olavo depositou o bloco de papel sobre a mesa, indeciso sobre continuar ou não a leitura dessa história inquietante. Quanto tempo já havia se passado e as marcas daquele episódio pareciam ainda frescas na memória. E até apavorantes. Deveria continuar a leitura? Ou esquecer? O pacote de folhas escritas à mão ali estava, diante de seus olhos, como um desafio.

Não poderia mais fugir.

Sirenes vadias, gritos longínquos, a cidade pega em sua distração reveladora. Pois que agora as chagas se apresentam expostas, sem mediação alguma, a comprovar que o coração urbano bate sim, mas não no compasso desejado pelos cidadãos. As ruas sangram, os filhos se perdem das mães, o leite seca. Qualquer um agora é bandido ou polícia, ninguém vai pedir seu nome e sua profissão antes de atirar. Somos ora bandidos, ora policiais, brincamos de viver entre balas e correrias. Os gritos servem para inflar nosso peito, mostrar que estamos vivos, como num pique-será. Sim, sou eu, estou aqui atrás da mangueira, e tiros e tiros e gritos; sim, eu matei, eu matei, você está morto. As telas iluminadas refletem o que somos, de que gostamos, o que fazemos dentro de nossos silêncios. Ah, eles sabem, eles sabem o que somos, apesar das máscaras que ostentamos nas ruas, nas festas de família, nas reuniões de negócios. Sim, estamos carregados de silêncios e por isso cultuamos o caos, o perigo, a morte.

A morte! – eis o novo ícone, revivido pelas civilizações.

Quantos já matamos?

Quantos faltam para matar?

Gritos, gritos, gritos.
Sirenes, alarmes,
Freadas bruscas.
E bombas.
E tiros e mais tiros.

É preciso escapar dessa loucura.

A ideia de escapar era como um bolidezinho vivo, encravado em sua inquietude, acelerando o coração já assaltado pelo medo e pelas incertezas daquela vida. Uma ideia incômoda, difícil. Moreno tentava escapar dessa teia perigosa que muitas vezes invadia seus pensamentos, como um desejo, um sonho irrealizável.

Sair como?

O pensamento escapava boca afora, como um desafio.

Sair como?

Temeroso de que alguém pudesse ter escutado, apalpou o bolso esquerdo, certificando-se que ali estavam os pacotinhos de cocaína que deveria distribuir ainda naquela manhã. Tinha que ser pontual, garantindo a confiança de seus fregueses. Essa era uma regra que a "organização" impunha a todos. Gerar confiança, chegar no dia e na hora certa. Os chefes sabiam bem do desespero de um drogado ao perceber que ficará sem estoque. O risco é procurarem outro fornecedor, até mesmo de outra "organização".

Três pacotinhos para a moça do Banco, quatro para o deputado. Ainda naquela semana muitos clientes estariam esperando sua visita, não podia esquecer. Entre esses, o mais ansioso deles, o fotógrafo...

    Olavo se levantou da mesa, intrigado, deixando os papéis sobre a mesa. Pensava ter ouvido novos estampidos pelas ruas. Seriam fogos? Ou tiros? Caminhou até a janela; a cidade, vista de sua janela, parecia calma. Na verdade mais parecia uma cidade fantasma. Poucos carros, quase ninguém na rua, ninguém nas pontes, ninguém nos viadutos e praças. E, repentinamente, um silêncio aterrorizante.

    A cidade esconde seus pecados, seus crimes, seus tiros. Até que os cidadãos se esqueçam de tudo, do medo, do terror. Na verdade é nos silêncios que se preparam os fogos...

    O pipocar voltou, assombrando a cidade. Em vão, Olavo tentava encontrar a origem dos tiros. Sim, pois estava claro que eram tiros. E, depois, o som estridente de carros de polícia. Ali mesmo, em sua rua, sentindo o coração acelerado, podia assistir à passagem assustadora de um, dois, três, quatro carros de polícia. Pendentes dos carros, ameaçadores, policiais se expunham com metade dos corpos para fora dos carros. E a arma apontada não se sabia para quem, para as ruas, as lojas, os pedestres, o céu. Toda essa feérica agitação bem em frente ao prédio de seu apartamento.

    Ao longe a fumaça preta de mais um ônibus incendiado.

    Se tivesse mais um papelote eu o engoliria com papel e tudo, esfregando-o primeiro na gengiva, cheirando, mastigando para que desse efeito mais rápido.

    A lembrança de que estava próximo o dia da visita de seu fornecedor o acalmou.

    Moreno, esse nunca falha. Não há de falhar justamente agora...

    Resolveu que era melhor desistir da janela, desistir da cidade, desistir daquela guerra estúpida que colocava todos os cidadãos sob o perigo de um tiro extraviado ou não. Ou de um ataque que nunca viria.

Quantos mortos, até agora?

Quantos policiais, quantos bandidos, quantos cidadãos?

De novo no já desgastado sofá, os papéis tremiam em sua mão, um pouco pelo efeito da droga, um pouco pelo medo. Em voz alta, como se procurasse abafar o medo com a própria voz, retomou a leitura do estranho caso de LHS, o "Homem Inacabado".

LHS, aparentemente alheio ao meu desconcerto, me olhava com o sorriso franco, exibindo uma dentição cuja excessiva perfeição me dava a sensação de uma dentadura postiça. "Mas qual seria o problema?"- eu mesmo me perguntava, na hora. Certamente o problema não seria a dentadura. O olhar de LHS também me parecia normal, na verdade "normal demais", coisa difícil de explicar, mas era o que eu sentia. E isso dificultava ainda mais meu esforço para identificar o que me incomodava tanto. O problema que minha mente em vão tentava decifrar ou descartar poderia estar em "outro lugar". Quem sabe eu vivesse ali sob o efeito de um súbito ataque de minha imaginação febril, quem sabe alguma ilusão de ótica. Ou, ainda, a visão deformada por causa da posição em que eu me encontrava, no salão do aeroporto, no momento da apresentação. Por detrás de LHS, brilhava uma intensa luz que fazia dele uma figura mítica, como nos filmes do "Star System", personagens apresentados sempre na contraluz, dando a eles uma devoradora aura mítica. Na verdade, o clarão vinha da vitrine da loja de camisetas com dizeres bem goianos, tipo "eu amo Goiânia", "essa camiseta foi trazida de Goiânia por alguém que me ama muito", etc. Não sei se por pura coincidência ou se proposital, nas duas vezes em que tentei mudar de posição, buscando fugir da luz que poderia estar me ofuscando, LHS pareceu também se deslocar, colocando-se sempre na contraluz, deixando-me ainda mais intrigado. Em todo caso, apresentado por Aloysio, cedi à conveniência e estendi a mão para o cumprimento que selaria nosso mútuo conhecimento. "Muito prazer, Olavo". "Prazer, LHS". O homem falava com uma musicalidade que eu não conseguiria transmitir agora ao leitor, com simples palavras. Havia uma doçura na fala e no olhar. Mas era uma doçura visivelmente falsa, ensaiada. Alguém, além de mim, perceberia isso? O aeroporto estava ocupado por uma multidão de pessoas atarefadas, falantes, muitos com os semblantes tensos diante dos atrasos, das incertezas de voos e o medo de voar depois de um grave acidente no aeroporto de São Paulo. Por que apenas eu, cercado por essa inquieta multidão de passageiros, parecia enxergar um problema, quando todos pareciam absolutamente à vontade diante daquele homem? Pois ao contrário de qualquer estranheza, o que aquela gente exibia era uma grande curiosidade por LHS. Ele era mesmo um homem popular. Muitos chegavam a parar, formando grupinhos de curiosos a poucos metros de nós, apontando dedos em nossa direção. Alguns riam um riso nervoso, carregado da emoção do encontro com uma celebridade. Naquele breve período em que mantivemos ali nosso pequeno grupo, LHS, eu, Aloysio Pontes e Karin, pelo menos cinco ou seis pessoas, em geral mais idosas e quase todos homens, vieram pedir autógrafos. E LHS os atendia com evidente prazer, apesar da dificuldade em escrever o próprio nome. Em todos esses instantes, posso me lembrar de ter observado em seu rosto um preocupante ar de vitória, representado por rapidíssimas olhadelas dirigidas a mim, em tempos calculadamente mínimos. Como se ele tivesse percebido meu estado de tensão e, posso mesmo dizer, de alerta. Desta forma ele parecia agir como se me enviasse ínfimos sinais de que eu poderia estar com a razão, que haveria ali um enigma a ser decifrado. Percebendo, provavelmente com preocupação, meu comportamento estranho, – pois eu é que agora me tornava estranho –, Karin me convidou para um café. Puxando-me pelo braço, ostensivamente agarrada a mim como se fôssemos um casal, foi me conduzindo por entre a multidão. Procurei divisar em Aloysio Pontes alguma *centelha de ciúmes que logo percebi no disfarçado semblante de meu amigo. Aloysio Pontes continuava como eu o conhecia. Sempre simpático, de poucas palavras e morto de ciúmes da mulher. Karin era empresária de moda e sua profissão exigia dela duas coisas que atraem os homens, mas que se tornam, invariavelmente, um problema para eles. A primeira qualidade, a beleza. Uma beleza não usual, capaz de atrair o olhar de homens e mulheres, potenciais consumidores justamente de beleza, dos produtos e da moda. A segunda exigência de sua profissão era justamente a independência, coisa incômoda para um homem, ainda mais quando combinada com a primeira qualidade.*

Você não o conhecia, de verdade? me perguntou Karin, apontando dissimuladamente para LHS, quando ainda estávamos a pouco mais de quatro passos dele. Karin mostrava, assim, que aguardava, impaciente, o momento de me inquirir. Eu não sabia o que responder. Que eu o conhecia de nome, é claro que sim. Conhecia também de imagem, sempre pela televisão. Eu me lembrava de sua voz doce, mas firme, o jeito artificialmente didático de falar, dirigido não exatamente aos representantes da imprensa que o assediavam, mas aos populares que só faltavam carregá-lo nos ombros como a um deus. Eu me lembrava também de ter ouvido, com pouco interesse, trechos de suas pregações. Eram falas concisas, como que trazidas do fundo da alma e de sua forte experiência de vida. Não eram pregações propriamente religiosas. Eram sim, marcadas por um certo misticismo agnóstico, a crença em forças espirituais sem que se tocasse uma só vez no nome de qualquer santo, qualquer divindade superior, nem mesmo o nome de Jesus ou de Deus. Eram falas pausadas, construídas com precisão, apesar do escasso vocabulário. E em que fazia a exaltação dos sentimentos, tidos como "divindades", exibindo uma clara descrença em qualquer solução vinda de fora de "nós", sem "nossa" participação direta. Eu ainda me lembrava de uma frase sua, numa dessas aparições pela TV.

"Se nós mesmos não soubermos fazer por nós as coisas que queremos para nós, quem o fará?" E continuava: "Por outro lado, que interessa uma solução que pode parecer boa, bonita, de boas intenções, mas feita sem nossa participação direta, deixando nossas vidas nas mãos daqueles que se tornam donos dessas soluções?" Ou ainda: "A verdade deve nascer de nós, vir de nosso interior para se impor ao mundo em que vivemos".

A opinião pública, – e os intelectuais-, exibiam sua dificuldade em definir aquele tipo de pensamento e liderança. Meus amigos da Universidade se dividiam entre um desdém acadêmico e uma preocupação exagerada. Uma das preocupações era a de que em nosso mundo carente de novas ideologias, a exposição de um painel ideológico novo, "popular", capaz de valorizar o indivíduo, pudesse catalisar a atenção da sociedade e até mesmo empolgá-la. Dessa forma, me dizia o sociólogo R.O., "a relação entre o social e o individual passaria a se dirigir sob o predomínio deste último valor, forçando a sociedade a se moldar aos desejos individuais, carregados de frustrações, bloqueios, baixa estima, estigmas que encontrariam, enfim, uma forma de implodir, -exatamente implodir, de dentro para fora-, a passividade do mundo diante das formas modernas de dominação".

Olavo voltou a ler seu próprio texto que reproduzia a opinião do sociólogo. Era uma interpretação possível, embora pudesse advir de um sentimento de classe ou, até mesmo, de um medo, o medo da chegada ao poder dos "de baixo". *A verdade é que ninguém conseguiu definir ou entender o que representava aquele homem. E nem explicar a estranheza extrema de sua história carregada de tragédias e de popularidade.* Atraído, como em tantas outras vezes, pelo seu próprio relato, acomodou-se na poltrona e retomou a leitura. Sabia da estranheza maior no que leria a seguir...

Para que servia tudo aquilo?
Uma mulher nua, um estranho animal imaginário, um amontoado de rabiscos coloridos que se cruzavam feericamente na tela, uma gravura do Siron, uma tela de bandeirinhas, a menininha na paisagem com o cachorrinho vermelho, uma Tarsila, um Di Cavalcanti, a Baía da Guanabara pintada por um amigo, um borrão de tinta azul, um, dois, três retratos seus. Um verdadeiro museu pessoal, de uso exclusivo. E por todo lado, amontoados, de pé, junto a alguma parede, pilhas de novas telas, pinturas de amigos, presentes, obras de novatos que pediam avaliação sua.

Júlio atravessou a grande sala e, coisa rara, fixou a atenção nos quadros dependurados nas paredes. Em cada quadro havia uma história oculta, seja do dia em que o dependurou, o furo na parede, o barulho da furadeira, a busca do prumo para equilibrar a tela. E também a história do pintor, suas ideias, suas explicações, influências, as técnicas usadas. Também estava ali o registro se o quadro fora comprado, presenteado, emprestado. Tudo fazia parte daquele jogo de tintas, a busca de formas capazes de expressar algum sentimento em quem olhasse. Da Vinci achava que essas tintas eram a expressão artística da mente humana. A maior de todas as artes. Mas Júlio olhava agora com indisfarçável desconfiança para todo aquele carnaval de cores, ensaiando uma visão crítica demolidora. Para ele mesmo causava estranheza esse súbito olhar crítico sobre seu acervo, uma coleção invejável de telas, várias delas de artistas amigos, muitos deles famosos. Obras que ele sempre admirara, que tornava seus ambientes tão sublimes, tão poéticos. Recuou o corpo para observar a imagem de uma das telas, os rostos medievais em um clima subterrâneo, o cheiro de morte, o espanto. Percebia agora que nenhuma daquelas telas, antes tão queridas, tão cheias de mensagens, de sonhos, nenhuma delas era capaz de manter sua chama própria. Que todas aquelas belezas dependiam dele, de seu olhar, de seu estado de espírito no instante em que olhava para a tela. Dependiam não só de seu olhar, mas também de seus próprios sonhos, de sua relação com o dia, com a vida. Naquele momento não passavam de imagens vazias, sem brilho, sem significado, sem emoção. E a sala grande de sua casa de arquiteto se tornara um museu árido, morto, ornamentado por coisas mortas. Lembrou-se então, – esse tipo de lembrança pouco explicável –, de uma tela, na verdade um mural do mexicano José Clemente Orozco, "Deuses do mundo moderno". Tratou de tirar dessa lembrança a ideia de uma resposta, mas era impossível esquecer o impacto daquelas cores. Ali estava a falência humana diante do futuro. Os esqueletos vestidos com as becas das universidades mexicanas, todos em volta de uma cama, feita de grandes livros, onde outro esqueleto, deitado, dá à luz um "bebê" esqueleto.

Coisas mortas gerando coisas mortas.

Dane-se a cidade!
Dane-se essa guerra sem fim!
Olavo tinha nas mãos o pacote de papéis com a estranha história de LHS. Retomaria a leitura, precisava esquecer-se da cidade, da guerra, mergulhar naquela história de absurdos que teimava em existir em sua imaginação. Resolveu que não escutaria mais nada, esqueceria a cidade, os gritos, as mortes. E que leria tudo, até o fim. Recomeçou, com indisfarçável prazer, tanto pela história intrigante quanto pela capacidade de prender a atenção e transmitir tanta emoção, e estranheza, em seu texto.

> As informações sobre LHS também eram imprecisas, raras e, muitas vezes inconsistentes. LHS parecia ser mais uma dessas lideranças populares que emergem em meio à miséria, à falta de saída. Segundo o que eu havia lido numa reportagem do jornal "Dia a Dia", LHS se recusara a falar de sua própria vida à repórter. Preferia, segundo ele, "falar dos problemas de seu povo sofrido". A investigação, aliás, bem ligeira, daquela reportagem, revelara que LHS teria vindo ainda menino, do Rio para a cidade mística de Trindade, a poucos quilômetros de Goiânia. Seu pai, falecido depois da vinda da família de LHS para Trindade, teria sido um pequeno comerciante e importante líder espiritual carioca. Por causa dessa liderança religiosa, se envolveu com a política em sua comunidade, sendo quase eleito vereador da cidade do Rio de Janeiro. O bairro em que viviam, segundo ainda a reportagem do "Dia a Dia", era um pequeno bairro da periferia carioca, bairro tipicamente de classe média baixa, funcionários públicos, pequenos comerciantes, gente que se via geograficamente localizada nos limites da antinomia nacional. De um lado, ao norte,

a pobreza da favela. Do outro, ao sul, o bairro de existência recente, os edifícios modernos tomados por executivos e escritórios de multinacionais com vista para o mar. Os pais de LHS teriam sido assassinados numa noite, ainda no Rio, quando três homens invadiram sua casa, fuzilando quem encontraram pela frente. Salvou-se, com mais dois irmãos, escondendo-se debaixo de uma das camas, justamente o "Índio", como chamavam LHS em criança. Por isso, traumatizado, LHS se recusava a falar de seu passado. E negava veementemente alimentar qualquer interesse político. "Mas", comentava a reportagem, por conta própria, "quem pode prever o futuro?"

É difícil entender como jornais do mesmo local podem transmitir versões tão díspares de um mesmo assunto. Pois, apesar de alguns pontos de encontro, o jornal "O Semanário" *contestou a versão do "Dia a Dia" e registrou outra bem diversa, agora sim, em longa e minuciosa matéria. Nesta, com depoimentos e até mesmo fotos de amigos e vizinhos da casa de pau a pique onde teria nascido e vivido o menino LHS. Segundo essa reportagem, LHS teria nascido ali mesmo em Trindade, a cidade dos romeiros. Trindade era, – e ainda é –, visitada anualmente por centenas de milhares de pessoas, peregrinos guiados pela fé e pela esperança de melhores dias. Segundo essa reportagem, o menino teria crescido em meio a esse mar de misticismo, de crença no além, enquanto, dentro de sua própria casa, a desgraça campeava sem dó. Sua mãe teria morrido no próprio parto que lhe deu a vida. E seu pai, analfabeto, bruto, revoltado, exercia sua paternidade como um terrível chicote acionado pelo ódio. Eternamente bêbado, o pai marcava os corpos e as almas de LHS e de seus sete irmãos. A morte, companheira visceral da desgraça e da miséria, tratou de radicalizar seu poder de infligir dor e abandono, matando um por um todos os irmãos de LHS. E o deixou vivo para que cultivasse, em todos os momentos de sua vida, o sentimento de perda e de solidão, engrossando a multidão de milhões e milhões de deserdados em todo o mundo. Quando criança, enquanto vivia o triste encadeamento de suas perdas, LHS fizera de tudo para amainar a dor e acalmar a ira dos deuses malditos contra ele. Segundo alguns depoimentos, o menino sempre fora muito estranho, arredio, voltado para si mesmo. Um garoto de sua idade, O.R., contara ao repórter de "O Semanário", que muitas vezes tentara tirar o "Índio" de dentro de sua casa, chamando-o para brincar. Aqui também, no "Semanário", surgia o mesmo apelido, dando alguma ligação entre as versões dos dois jornais. O garoto contava que o "Índio" se recusava, sempre, a brincar de qualquer coisa. Numa dessas vezes, conta o menino O.R. que entrou na casa para ver o que fazia ali seu amigo. E o encontrou sob a pequena cama, chorando, a roupa ensanguentada. Retirado de lá, o "Índio" lhe mostrara as marcas de cortes na barriga, confessando que fazia sempre isso, com uma faca de cozinha, como castigo por sobreviver enquanto via morrer seus entes queridos. Primeiro havia perdido a mãe e, até aquele dia, quatro de seus sete irmãos. Até chegar aos dezoito anos, LHS teria vivido mergulhado nesse transe de culpa, castigando-se o quanto podia, tanto na solidão de seu pequeno e pobre quarto quanto nos atos coletivos de histeria religiosa. O jovem LHS se juntava aos romeiros mais fanatizados, martirizava-se publicamente, arrastando-se de joelhos, queimando mãos e braços com o fogo das velas de cera, enquanto derramava lágrimas de desespero e gritava lancinantes pedidos de perdão por ainda viver. O pequeno "Índio" parecia, aos olhos de toda a comunidade, um caso perdido, levado ao fundo do poço pelo sofrimento. Aos dezoito anos, porém, sua vida começava a mudar. Convocado para o serviço militar, alistou-se no quartel local de Trindade. Servir o exército o colocou numa outra dimensão inesperada, tendo que enfrentar a dura disciplina militar e ordens muitas vezes humilhantes. Revoltado pelo tratamento que recebia dos oficiais, e considerado por eles como frágil e ignorante demais, LHS acabou atraindo a atenção do Tenente P. Filho, chefe de seu pelotão. O Tenente sempre se estranhava com ele. Desconfiava de sua religiosidade e até mesmo de sua profunda ignorância. Tudo isso serviria apenas como disfarce de uma mente calculista e fria. E por isso o Tenente o reprimia e o humilhava perante os camaradas de farda. LHS mal sabia ler, escrevia o nome com* dificuldade. Vasculhando seus cadernos de lições militares, o Tenente descobriu as páginas marcadas por centenas, milhares de pequenas cruzes onde deveriam estar as respostas às perguntas impressas no caderno de lições militares. Na dificuldade de entender o que se pedia nas lições, era assim que LHS se expressava, marcado pelo sentido determinista que ele dava para a vida e para a morte. Num certo dia, notando sua ausência na formação matinal, o próprio Tenente P. Filho saiu à sua procura. Encontrou LHS no fundo sombrio de um corredor ao lado dos dormitórios. De joelhos, o soldado chorava pelo que dizia saber através de um sonho: a morte de seu último irmão, num confronto com a polícia. O irmão, ainda menor de idade, teria sido surpreendido quando assaltava um supermercado com mais três amigos. O Tenente se divertia, ouvindo as palavras chorosas de LHS, banhadas em lágrimas e desespero, mais soluçadas do que pronunciadas.

Pois como LHS poderia ter sabido da morte do irmão, ainda mais com tantos detalhes?

"Pelo sonho", disse LHS. "Um anjo negro veio me contar, nessa madrugada. Meu irmão morreu ontem à noite, com seus três companheiros".

Achando que LHS zombava dele, o Tenente, este sim, bruto e prepotente, o agrediu com um tapa no rosto. A reação foi inesperada, tanto pela rapidez quanto pela violência. LHS saltou sobre o Tenente, socando seu rosto, deixando-o como uma massa informe de carne e sangue. E só não o matou porque outros soldados intervieram. O Tenente ficou marcado para sempre, o rosto deformado pela violência da reação do soldado. Dizia a reportagem de "O Semanário" que realmente se confirmara a morte, na noite anterior, do último irmão de LHS. Não da forma narrada ao Tenente, mas atropelado, bêbado, na rodovia que atravessa a cidade de Trindade. Como LHS soube desta última tragédia de sua família, não havia explicação na reportagem. A confirmação da morte do irmão, no entanto, não livrou o soldado LHS do castigo, condenado sumariamente a três longos anos de prisão numa sórdida solitária do próprio quartel.

👥👥👥👥👥👥

O Chefe!
Deus do céu, tenho mesmo que falar com ele.
Agora!

Já na rua, caminhando apressado, ansioso, rumo à pequena praça em frente à padaria, Moreno digitou os oito números que sabia de cor. Números que tanto poderiam significar a vida como a morte. Logo ouviu o som longínquo, repetitivo, de chamada no aparelho do Chefe.

Mais uma vez a sorte estava lançada.

Prrrrrri-riliiiiiiii-prrriiiiiprrrrrrrrrrrrr!!!!!

O som estridente e repetitivo da chamada pelo celular era como um punhal, ferindo dolorosamente os ouvidos de Moreno. Àquela hora, como em todos os lugares da cidade, o barulho era sempre terrível. Muitos carros, ônibus lotados, algazarras de estudantes. No entanto, o som da chamada do celular se sobrepunha a tudo. Preferia que o Chefe não atendesse. Era para ligar e pronto, precisava falar de um encontro, seria no centro da cidade. Um cliente "poderoso, rico", no dizer do Chefe. Moreno não gostava daquele centro da cidade, aquela aparência de abandono. Sentia ali um vazio perigoso em que uma pessoa parece aprisionada, sem saída, sem socorro, diante de um ataque traiçoeiro. Sempre que passava por ali, atendendo a algum "cliente", era tomado por essa sensação de medo, de solidão. Ruas estreitas, prédios altos como muros gigantescos que escureciam as ruas e aprisionavam as pessoas em sua lógica de juntar, de fazer negócios, deixar os incautos sem saída. Prédios abandonados expressavam uma enganosa calma, as placas antigas mostravam o poder que aquela tranquilidade ocultava. Bancos, Bolsa de Valores, federações de empresas, sindicatos, a antiga estação ferroviária. Como se as pessoas, poderosas, tivessem saído de casa deixando ali os avisos de que ninguém se enganasse, ainda voltariam... Moreno, no entanto, não podia esquecer que ali, justamente pelo centro, contava com bons fregueses para seus produtos. Não exatamente no centro velho, mas nas beiradas. Artistas, escritores, gente de cinema, de teatro. Boa gente, pessoas que sempre o tratavam bem e nunca mostravam medo do que faziam.

Gente corajosa, disposta a enfrentar qualquer repressão. Como estariam agora, em meio a esse conflito pela cidade inteira? Devem achar que eu também estou na bagunça, dando tiros, matando policiais...

👥 👥 👥 👥 👥 👥

A confirmação da morte do irmão, no entanto, não livrou o soldado LHS do castigo, condenado sumariamente a três longos anos de prisão numa sórdida solitária do próprio quartel.

Olavo releu o trecho que falava da prisão daquele estranho homem. Era tudo o que sabia de LHS, como escreveu em seu manuscrito.

Sim, era tudo o que eu sabia de LHS. Disse então a Karin que sim, que eu o conhecia de jornais e da TV. E que até aquele dia o vira, pela TV, sem estranheza alguma, coisa que não acontecia agora, quando me sentia tão incomodado ao ponto de empanar o prazer de ter Karin grudada a mim, cochichando trivialidades em meus ouvidos. Questionado, resolvi abrir o jogo. "E você, Karin, não vê o que está ali, tão evidente?" Karin não entendia. O que é que estaria tão evidente e que ela não enxergava? "O homem, Karin". Ela continuava em sua insensata intimidade, rindo de meu desconcerto. "O que é que tem o homem?" "Ele parece inacabado, volátil". Eu não me rendi diante da expressão de espanto de minha amiga. E prossegui. "A cada instante o vemos de forma diferente". "O quê?"– Karin não sabia se ria ou se me levava a sério, diante do "absurdo" de minhas palavras. Eu repeti, quase que soletrando as palavras. "Karin, repare bem, pelo amor de Deus. Eu não posso estar louco. Ele nunca é o mesmo..."

"Como assim?!?-volátil?"

Era difícil tirar minha amiga daquilo que eu julgava uma desatenção inacreditável e perigosa de sua parte. "Ele?", me per-

guntou, incrédula, apontando para LHS. Karin se esforçava para dar atenção ao que eu dizia, certamente instada pelo tom severo e categórico que imprimi à minha espantosa afirmação. "Ele é apenas diferente", me disse Karin. "Olhe bem", insisti. "Observe que quando ele estende um braço para cumprimentar uma pessoa, desaparece o outro braço! E agora, quando ele dá autógrafos, ficando de lado para nós, somente vemos a metade vertical de seu corpo! E veja agora o que acontece quando ele abraça uma fã: observe bem que parece não haver pernas para sustentar seu corpo!" Karin olhava desconsolada para mim. "Você está brincando ou tirando um sarro?" Eu não respondi, envergonhado. E se ela tivesse razão e tudo não passasse de uma grosseira ilusão gerada incontrolavelmente por meu cérebro doentio? Ou fruto de uma imaginação delirante, fora de controle? Karin procurava ser amável. "É uma metáfora? Olha, eu já vi muita gente mudar de rosto, de cabelo, de opinião..." Arguta, imaginava que eu usava de alguma figura de linguagem ao me referir a LHS como "inacabado, volátil". Mas não era uma metáfora, era o que eu via, o que me parecia acontecer a todo instante à minha frente. Pois LHS parecia um ser mutante, impreciso, como se em permanente estado de construção. E uma construção instável, como se o construtor não soubesse bem aonde queria chegar ou que mudasse a cada instante de opinião. Daí a expressão "inacabado". Antes de reafirmar isso a Karin, observei ainda mais uma vez os movimentos de LHS e vi que minha impressão se confirmava. Em cada gesto seu, ou, quem sabe, para cada fã que atendia, me parecia nítida a reorganização de sua imagem, a permanente reconstrução e desconstrução de seu corpo volátil. Uma garota, vestida com uma camiseta do movimento comunitário, com o peito ornado, em letras grandes, pelos dizeres "USM – Unidos Seremos Melhores", abraçava LHS e o presenteava com um boné onde se podia ler claramente a sigla "Venha Conosco". Agora era a cabeça de LHS que parecia desaparecer por alguns segundos, *me deixando num estado mais agudo de perplexidade. E minha perplexidade se agravou ainda mais, um instante depois, com o ressurgimento da cabeça, agora com o boné presenteado pela fã comunitária e onde eu podia ler, com absoluta clareza, não mais a frase "Venha Conosco", mas "Vem Comigo". Era apavorante. Karin me observava, preocupada, talvez pela minha expressão transtornada diante do que eu via ou imaginava ver no saguão do Santa Genoveva. "Você está bem?" – agora era o próprio marido, Aloysio Pontes, que me perguntava, preocupado. Sua mão prendia meu braço com firmeza, como se me protegesse. Era preciso sair daquele estado de quase torpor. "Você, que me apresentou o LHS, deve conhecê-lo há muito tempo..." Fotógrafo de profissão, Aloysio Pontes confirmou que muitas vezes se interessara pelo "fenômeno" LHS, procurando fotografá-lo nas viagens em que acompanhava Karin a Goiás. Confirmou que tinha feito fotos de LHS em eventos, discursos em praças públicas, junto a populares que sempre o cercavam onde quer que estivesse. "De fato é um homem estranho...", confessou. "Você tem essas fotografias?" – Aloysio Pontes confirmou, sem deixar de trocar, com a esposa, uma rápida olhadela, como quem buscasse nela alguma explicação para meu estado alterado e para minha pergunta. "Tem alguma foto agora, aí com você?" Aloysio Pontes abriu sua maleta de câmera e de lá tirou um pacote de fotos. "Tenho essas". "Ele anda sempre com elas", pensei, como se isso reforçasse a veracidade de minhas suspeitas. Entre as fotos, cinco ou seis mostravam LHS em vários momentos de sua vida e atividades públicas. Um tanto descontrolado, separei as fotos e passei a examiná-las com a certeza de que ali eu encontraria a comprovação do que eu dizia daquele homem. A máquina fotográfica não se deixaria iludir, seria imune a qualquer viés ideológico, a qualquer temor inconsciente diante de fenômenos que, vistos, poderiam se tornar um perigo ou o incômodo de algum enigma indecifrável. Eu confiava nessa isenção mecânica da fotografia.*

Grande decepção. LHS aparecia nas fotos sempre em meio ao povo, ou atrás de alguma mesa, de tal maneira que não se podia nunca ver a totalidade de seu corpo. Eu já estava por desistir, pronto para atribuir a mim mesmo uma visão doentia da vida e da imagem de LHS, quando Aloysio Pontes me estendeu mais duas fotos, "mais antigas", disse ele. Eram as fotos mais expressivas, mais impressionantes. Ali se via um LHS ainda jovem, atrás das grades da prisão militar no Quartel de Trindade, como consequência de sua briga com o Tenente P. Filho. Na primeira foto que examinei, viam-se, em primeiro plano, as grades da prisão. Era uma janela fechada por barras de ferro enegrecidas pelo tempo, paralelas e verticais. Ao fundo, olhando para a câmera, sentado em sua cama, no cubículo de paredes sujas e riscadas, o jovem LHS de cabeça raspada, de calção e camiseta sem manga. Parecia absurdo, mas seu braço esquerdo, justamente o braço do lado da câmera, parecia se sustentar agarrado pela mão direita, já que não se via a ligação entre o braço e o próprio corpo. O braço, assim, parecia solto no ar, mantido numa posição que simulava a posição normal do braço, a mão direita agarrada a ele pouco acima do pulso. Antes de apontar isso a meus amigos, contendo a emoção da descoberta, passei a examinar a última foto. Ali já não se viam as grades. O fotógrafo teria clicado de dentro da cela. LHS era visto num plano mais fechado, quase em primeiro plano, deixando ver a cabeça, os ombros e parte dos braços. Deixei de lado a expressão do olhar de LHS, um olhar tranquilo demais, dirigido ao centro da lente, e dediquei toda a minha atenção a examinar seu braço esquerdo, na foto. Ali estava o braço, normalmente preso ao corpo, sem qualquer vestígio de que estivera separado do corpo, como percebi na primeira foto. "Qual foi a primeira foto tirada?" – perguntei a Aloysio Pontes. Um tanto incomodado comigo, examinou as duas fotos e apontou a que fizera de dentro da cela. "Você percebe uma coisa estranha nesta outra foto, tirada de fora da cela?" "Coisa es-

tranha?" "Sim, o braço esquerdo e a mão direita..." "A mão direita apoiada no braço esquerdo?" "Agarrada, "como se o segurasse no lugar...", corrigi eu, mais incomodado do que convicto. Karin sorriu, tentando desfazer o clima surreal da situação. "Nosso querido Olavo está nos pregando alguma peça..." Eu não desistia. Insisti. "Vejam bem que o braço esquerdo está no ar, deslocado do corpo!" Aloysio e Karin examinaram a foto, concedendo ainda sua atenção por pura amizade. "Alguma coisa pode estar aqui, entre o ombro e a lente, eu não me lembro o que pode ser, isso já faz tanto tempo. E o objeto deve estar sem foco, dando mesmo essa impressão, como se as duas partes do corpo estivessem separadas. Fotografias são mesmo cheias de surpresas", explicou Aloysio Pontes. "Fotos são imagens tão imperfeitas quanto as de nossos olhos, ambos permanentemente enganados pela irredutibilidade da natureza a qualquer olhar, qualquer técnica, qualquer explicação", prosseguiu ele. "Você já deve ter visto inúmeras fotos de nuvens com imagens de Cristo, de Nossa Senhora...", completou Karin. Sem argumentos, tomei de novo as fotos em minhas mãos. Confuso, eu já duvidava do que pensava ter visto na primeira foto. Olhava a foto e, corroído pela dúvida, tinha visões que se alternavam, contraditórias. Num instante eu via o braço esquerdo realmente descolado do corpo, agarrado pela mão direita. Em outro, anomalia alguma: nem o braço esquerdo parecia descolado do corpo de LHS e nem sua mão direita agarrava o braço esquerdo!

Tentei devolver as fotos ao meu amigo, me desculpando pelo engano. Mas meu amigo Aloysio me fez ficar com essa, a mais estranha, do homem sozinho em sua cela.

Até hoje, passados vários anos desse encontro perturbador, não vejo explicação para o que se passou naquele dia, no Aeroporto Santa Genoveva, Goiânia, Goiás. E escrevi essa crônica para nunca esquecer esses estranhos acontecimentos que marcaram minha vida.

*"é com as palavras que ele conquista,
é no silêncio que ele mata"*

Alô. Quem é?

A voz sempre mansa do Chefe cortou a temerosa viagem de Moreno pelas ruas vazias do centro da cidade.

Sou eu, Chefe.

"Eu" quem?

Moreno...

Fala, Moreno, são esses tempos, coisa de louco. Ando ocupado demais...

É...

Então?

Fiquei de te ligar... Sei que hoje não é um dia bom...

É... o tempo não está nada bom pra muita gente... Nuvens carregadas...

Quer que eu ligue depois?

É só não falar da ação... Você está em alguma?

Não, Chefe, eu pedi para não me escalarem...

Sujeito manero... esperto...

Na verdade, não sei nem atirar...

Eu sei, cada macaco no seu galho. E os negócios não podem parar...

Eu precisava falar sobre o "homem."

O "homem" tá ficando louco, ele pediu cem?

É isso, cem mil.

E ele fez o serviço, falou lá com a pessoa?

Com o Maioral?

O Maioral... pras negas dele...

O homem tem acesso...

Só se for de tosse...
No outro negócio ele conseguiu, lembra? Quinhentos...
A Diretoria ajudou...
É, a pressão foi grande...
É pra isso que serve o celular...
É, apavora...
Não estou dizendo que o Menino lá não ajudou. Ele foi lá ao Gabinete, falou, foi na empresa, falou, o bife saiu...
Então...
E agora?
Ele falou com o Maioral...
Maioral... Até quando ele ministra?
É... tá meio encrencado, negócios esquisitos, grilagem...
Grilagem também?
Veio tudo à tona...
O cara acabou de tomar posse, Moreno!
É isso...
Era melhor pra ele ter saído dessa vantagem... Melhor seria ter ficado na moita...
É... Atrai, vira notícia.
Jornalistas....
E o negócio das máquinas?
Máquinas de agricultura?
É, agricultura, coisa de risco...
Ele que não pense que não mexem com ele por estar aí no governo...

O Chefe silenciava às vezes, um silêncio pesado que alimentava os temores de Moreno.

Chefe?!?

Era sempre assim. O Chefe emudecia e emitia pequenos sinais, um pigarro, um suspiro, mostrando que estava ali, mesmo que nada dissesse, criando aqueles pequenos silêncios que intimidavam seus interlocutores. Pois os silêncios não representavam falta de palavras, de pensamentos, de decisões. Reforçava o poder do Chefe, a certeza de que seu interlocutor estaria esperando sua palavra, temendo pelo que representaria essa palavra. As conversas eram assim, sempre como um diálogo em que o outro só podia ouvir o que o Chefe quisesse. E que temesse o que não ouvia, o silêncio. Moreno se lembrava das palavras de Deodato, o novo homem forte do Chefe: "é com as palavras que ele conquista e é no silêncio que ele mata."

A voz do Chefe soou como um alívio.

Estou aqui, Moreno.

E eu, como fico hoje?

Vamos apressar, Moreno. O homem precisa logo pôr a ideia no lugar, botar o dedo no tinteiro.

Assinar...

É isso.

Antes que saiam com ele...

É...

Novamente o silêncio. Alguns poucos segundos que pareciam uma sofrida eternidade. Tempo suficiente para que Moreno medisse o grau de perigo em que vivia, a necessidade de encontrar alguma saída. *O que estaria pensando o Chefe?* A voz clara do Chefe cortou seus pensamentos e revelou a dimensão do perigo.

E a família, como vai, Moreno?

Família?

E não?

Eu não ponho a família nesse jogo, Chefe.

Mas eu ponho.

Como assim?

Sei onde você mora, onde seus dois bacurizinhos ficam, onde sua mulher, Lidiana, trabalha, a que hora chegam em casa. Sei tudo sobre você, Moreno.

O silêncio que veio em seguida doía mais do que as terríveis palavras do Chefe.

Um morto dando à luz uma coisa morta.

Com um sentimento adolescente de quem cometia um leve pecado, Júlio abriu o armário da sala de trabalho e tirou dali um tubo de papelão. De dentro do tubo sacou o rolo de papel encorpado que, moldado pelo tubo, se recusava a abrir, exigindo de Júlio que prendesse suas pontas na mesa de arquiteto. Não gostava de reproduções e por isso mantinha a falsa tela enrolada dentro do tubo, onde nenhum amigo ou visitante a pudesse ver. Não gostaria de ser pego nesse pecado, ficaria mal. Mas naquele momento sentia o quanto era duvidosa essa regra de originalidade que ainda mantinha sem saber por quê. E logo com essa imagem, reprodução de um mural... *Eu teria então, para ser coerente, de ter o próprio mural do Orozco aqui em casa?* Desenrolou a tela, com emoção. Ali estava a imagem, os esqueletos de becas em volta da mesa onde um outro esqueleto dá à luz um bebê também esqueleto.

No canto esquerdo e superior da reprodução, um papel terrivelmente grampeado na tela trazia as informações sobre a tela, na verdade, um mural de 1932.

Como em toda sua obra, esse quadro exibe o espírito crítico de José Clemente OROZCO, um dos três gigantes da pintura mexicana que, junto com Rivera e Siqueiros, criaram o movimento conhecido como "muralismo mexicano". Nesta obra, pintada em 1932, vemos um esqueleto, deitado sobre um leito de livros oficiais, dando à luz um bebê também esqueleto. Em volta, as instituições mexicanas, esqueletos vestidos com suas becas. ...

Era assim, como no mural de Orozco, que Júlio se sentia, cercado de coisas mortas. E morto, ele também. E seus projetos, suas ideias, sua própria casa, as telas dos amigos, os próprios amigos. Tudo morto. Pois havia perdido a alegria de viver. Não porque vivesse sozinho e sem projeto algum que o entusiasmasse pela frente. Nada. Puras encomendas, prédios horríveis, casas para novos ricos. A lembrança de todos os seus ideais de juventude provocava um leve sorriso de ironia. A militância na Universidade, o golpe de estado que frustrou seus sonhos políticos. Os primeiros anos como arquiteto, brigando com donos de escritórios, brigando com clientes, brigando com amigos, brigando com o mundo. Mas esse sentimento, já antigo, teve consequências sérias em sua vida. A principal delas foi o isolamento. Tornara-se conhecido, era talentoso, ganhou prestígio e dinheiro. Mas não se pode ter tudo na vida sem alguma perda.

E a perda, meu caro, foi preenchida pela solidão.

Espantou esses pensamentos, sempre dava um jeito de enfrentar suas crises. É o que faria naquele mesmo instante. Tomado de incertezas, olhava para o celular aprisionado em sua mão esquerda como um animalzinho desafiador.

Para quem ligar?

Jogou o celular sobre o sofá e reiniciou sua inútil caminhada pela casa, lutando contra a consciência que ironizava essa busca de nada no vazio de sempre. Tinha que falar com alguém. A solidão o sufocava, perdido naquela casa imensa, isolado de tudo. E a falta de Berê, que não aparecia há cinco dias.

A falta de Berê.

Júlio empurrava isso para a sombra dos sentimentos, sobrepondo a razão como uma lápide.

Não quero falar de Berê...

Mas tinha que confessar.

Sem ela isso aqui é um deserto.

Nem o branquelo entregador de remédios e encomendas aparece mais. Não vem aqui sem Berê, não entrega nada a não ser para Berê.

O rapaz, também sumido, sempre despertara a curiosidade de Júlio. Aquela figura arredia, tímida, o olhar fugidio, medroso. E muito alto, magro, branco demais, a cabeça pequenina para o tamanho do corpo.

Branquela, que figura, que história...Melhor esquecer.

Com cuidado, enrolou de novo a reprodução de Orozco e guardou o canudo de papelão no armário, percebendo que se contradizia, incapaz de tornar pública sua paixão por aquela obra por se tratar, ali, de uma tela não original.

Apertou a tecla "1" do celular e esperou. O visor mostrou que ele estava certo: JST, o melhor amigo, confidente, apolítico, amigo, amigo, amigo. O telefone número 1 de seu celular. Indeciso, desligou o celular. Precisava de alguém para conversar.

Mas era tão cedo...

OS SONHOS

O bloco de papéis, com a estranha história do goiano LHS, foi se desfazendo lentamente, escapando das mãos de Olavo e se espalhando no tapete. O corpo pesado, mal acomodado no velho sofá. E o sonho voltando como numa mágica, tal como desejara Olavo. Era como se nunca despertasse e a vida cotidiana não passasse de ponte para os sonhos. Sonhos que se anunciavam primeiro como fiapos de situações já vividas, sempre a dura preparação para a luta, as armas, os tiros, as palavras de ordem, para terminar na terrível imagem de seu Chefe morto antes que pudesse usar tudo o que aprendera. Nesse pesado clima, a estranha insistência em que deveria se encontrar com o tal "homem". Parecia mesmo uma história sem pé nem cabeça. Mas, como todo sonho, lá estavam os fiapos da vida real. Sobre um balcão ensebado, como numa corrida de carros, copos de vidro passavam em fila diante de seus olhos. Olavo via-se repentinamente apoiado no balcão, um bar do tipo "sujinho", onde operários, com seus macacões de trabalho, encaravam os pratos feitos, transbordantes de arroz, feijão, carne. E torresmo, muito torresmo. Numa das mesas sobrava um lugar e os três ocupantes insistiam que ele se sentasse ali com seu prato cheio de azeitonas. Estariam eles interessados nas azeitonas ou em ver um moço tão fino enfrentar uma situação socialmente incômoda? Uma outra pessoa surgiu, saindo do nada. Olavo chegou a pensar que era ele mesmo, duplicado no sonho, até que o homem se virasse para ele com seu olhar triste e o sorriso matreiro. O irmão. O irmão afastou todos os pratos, liberou o centro da pequena mesa. Trazia na mão direita um maço de macarrão fino, os fios compridos que ele ia tirando com cuidado da embalagem comum, de papel.

Meu irmão não deveria estar nesse sonho....

Seria ele, o "Homem"?

Nada a ver.

Tem a ver sim, disse o irmão, enfaticamente, como se ouvisse os pensamentos de Olavo.

É o que veremos!

Os fiapos de massa ressecada como palitos eram juntados e presos pela mão direita do irmão. Repentinamente liberados, os palitos se esparramavam erraticamente trançados uns aos outros sobre o balcão. O jogador deveria agora tirar os palitos, um por um, sem bulir com os outros. Impossível. Os operários se divertiam. Na primeira tentativa o jogador derrubou meia dúzia de palitos, provocando risos generalizados. Num duvidoso gesto de fúria, – pois sorria ao mesmo tempo –, o homem bateu a mão sobre a mesa. Os fiapos de macarrão se esfarelavam sob o duro golpe, fazendo, em câmera lenta, saltar fragmentos cortantes contra o rosto de Olavo. Aquilo doía. Sentindo a boca travada, Olavo tentava falar com o irmão, que andava com as pernas se atropelando, as mãos trêmulas, indecisas. Então era isso. Antes de simplesmente sumir, acenou que Olavo vivesse sua vida, seguisse seu caminho. Parecia sincero, amigo. E se foi sem palavras, as pernas bambas, como um boneco desarticulado.

Eu com osteoporose, meu irmão com parkinson...

Ossos são substâncias tão estranhas em sonhos, uma concretude indiscutível, um contraste com o traço aparente de tudo e do esforço permanente de nos fazer crer que tudo é real. Pois mesmo assim Olavo se sentia como aquele pacote de, macarrão. Era bater e quebrar. Osso mole, falta de cálcio. Cálcio que tomava o tempo todo, um comprimido imenso em cada refeição.

E adianta? Serve para endurecer as fezes, o rabo sempre sofrido nos dias em que o intestino resolve funcionar. Poderia sim, ser uma metáfora. Era o que preferiria. Mil vezes! Seria melhor saber que estava psicologicamente frágil, que podia perder a consciência a qualquer instante, que não resistiria a um golpe de cassetete. E que falaria o que quisessem diante de qualquer ameaça de pancada. Pois resistir como? Todo quebrado, moído, inerme como uma minhoca no cimento, todo mole, incapaz de ficar de pé? Frágil, frágil, desesperado, já não sei de nada, essa a minha fraqueza, eu não sei de nada, me preparei tanto para nada. Ah, mas prefiro essa fragilidade política, ideológica, do que a de meus ossos.

Mil vezes!

Osso mole, cabeça dura.

Sei onde você mora, onde seus dois bacurizinhos ficam, onde sua mulher trabalha, a que hora chegam em casa. Sei tudo sobre você, Moreno.

Moreno sentiu ainda o tom ameaçador da fala do Chefe, rompendo o silêncio. E repetiu mentalmente o que ouvira ainda há pouco pelo telefone.

Sei de tudo sobre você, Moreno.

Estava claro, havia um problema qualquer com o Chefe.

Quem sabe por não participar da ação, naquele dia, pensou. Tinha que ligar de novo, tirar essa dúvida. Sabia que isso podia agravar ainda mais a situação, se houvesse mesmo algum problema. Mas tinha mesmo que ligar, essa era sua vida, seu destino.

Ligou, acionando as teclas com determinação.

Tá com alguma dúvida comigo, Chefe?

Dúvida nenhuma. Coisa de negócio. Quando o dinheiro de agora vai estar em suas mãos?

Depende do Maioral mandar os homens da empreita... Espero que na semana que vem...

Então dá os cem pro garoto... Ele é que vai pegar o pacote?

É ele.

Então me passa o endereço dele, completo.

Tá legal, quer agora?

Não, passe pra Eneida.

Eneida?

Lembra dela?

Quem não se lembraria...

Olha lá o que vai falar... Sabe quem é o marido?

Deodato...

Então se manca...
Falei com todo o respeito...
Olha, sem falar mais nome nenhum, tá legal? Você sabe onde encontrar com ela, o mesmo ponto de ônibus, a mesma hora, você sabe, ela pega e me traz.
Bom...
Mas eu ainda estou achando caro. E outra preocupação.
Fala.
É o como.
Como?
Como ele vai justificar isso lá, os três e zeros.
O paiol é grande, Chefe, eles devem saber como...
Eles é que se cuidem, grampeando tudo como estão.
E tem a história do homem da lei.
Doutor?
Ele e os secretários de arma.
Os homens...
É isso. Tem muita gente nessa boca.
Sempre tem.
Coitados, é sempre a raia miúda. Os primeiros a cair.
Eu me dou bem com eles, Moreno. É gente boa. Só tome cuidado é com os grandes. Pra não cair, derrubam a gente e se tiverem que cair não caem sozinhos...
É. São os mais filhos da puta.
Mas é de lá que vem o bom...
Isso lá é...
Mas as divisões também...
É...
Não que eu negue, eles é que mandam. Mas geralmente são bocudos. A gente é que acerta as coisas, a gente é que entra na esquina do perigo, mas eles têm a força.
Os votos...
É, o povo dá a eles essa força...

Moreno se incomodava. A conversa ia longe demais. E o jeito de falar, com muitos silêncios. Havia sim qualquer coisa de falso, o riso parecia falso, os silêncios... *Não estaria o Chefe ganhando tempo, procurando o jeito de dizer o que queria?*

A voz do Chefe, num tom subitamente agressivo, interrompeu os pensamentos de Moreno.

Ô companheiro do grampo, essa é uma conversa particular...
Com quem estaria falando?
Eles gravam tudo... – disse o Chefe, como se respondesse ao pensamento de Moreno. *Afinal, estamos numa guerra...*
Eles podem estar gravando? – e podem, depois, te localizar?
Não. Esse telefone é novinho, celular é bom por isso, a gente joga fora e compra outro, os caras ficam loucos. E o teu?
Comprei ontem, dez reais um pré-pago...
Manero. Acaba essa conversa e joga o bichinho fora...
Tá legal.
Quanto ao bife, você paga então os cem do garoto e pega o seu.
Dez por cento?
Do líquido. Trezentos menos cem, aí calcula os dez por cento.
Vinte mil?
Hum. Desses vinte, me faz um favor.
Pois não.
É uma caridade.
Sei.
Tenho um bacuri num asilo, ninguém sabe que é meu.
Pequeno?
Então? Está no Centro de Vivência do Menor Abandonado.
Sei, CVMA, da Braslândia.
Você conhece?
Conheço... bacurizinhos de gente assim, pobrezinhos, sem mãe nem pai...
Como eu, como você, Moreno.

O silêncio, terrível, parecia pontuar essa estranha emoção.

O bar, ambiente impreciso e instável, parecia a cada instante mais barulhento e cheio de gente. Olavo observava seu irmão, já sem espanto. Mas, num fenômeno que parecia acontecer a todo instante com uma ou outra pessoa do bar, o irmão começava a desaparecer. Aparecia em algum canto, com toda sua materialidade esfuziante e, de repente começava a apagar, a sumir. O próprio irmão percebia que ia desaparecendo e apelava, com gestos e olhares de terror. Que Olavo o salvasse, que o mantivesse ali, materialmente vivo. Olavo se desesperava diante de tamanha impotência. Tinha que fazer alguma coisa, mantê-lo vivo em seu sonho, já que ele insistira em estar presente sem ser convidado. Quem sabe perguntar qualquer coisa a ele, manter um diálogo.

Meus ossos, você deve estar sabendo...

Estão moles.

É o que os médicos me dizem.

Esse é o seu problema, disse ele. O meu problema são as quedas, o tremor.

Tremor?

Mas que importa? vivi como quis, vou morrer como a vida quiser.

Eu também tenho meu passado...

Belo passado! Você sempre foi ingênuo, achou que podia mudar o mundo com suas ideias infantis. Pois eu tirei partido do mundo, enriqueci, aproveitei a vida como quis!

E o tremor? – insistiu Olavo, vendo que seu esforço parecia inútil.

O irmão voltava para sua própria realidade, desaparecendo lentamente.

É a vingança, respondeu ele. *O mundo se vinga do que fazemos e do que deixamos de fazer. De você, que sonhava em ser um líder revolucionário, duro, o destino se vingou tirando o cálcio de seus ossos, deixando-o como uma ostra. E se vingou de mim fazendo-me tremer, tomado pelo medo de cair, justamente eu que jamais tive medo da vida!*

O que eu devo fazer?

O irmão ria e, antes de desaparecer, ainda atirou sua ironia.

Troque comigo!

O riso ecoava pelo bar afora, já sem irmão e sem a boca cenográfica por onde ele escapara.

👤 👤 👤 👤 👤 👤

Os bacurizinhos, sem pai, sem mãe...
Moreno respirou fundo, precisava manter um diálogo seguro com o Chefe. Não podia revelar medo, fraqueza, dúvidas. Quem sabe mostrar-se amigo, simular interesse pelos pedidos do Chefe.
Você falava do seu, lá com as freirinhas do CVMA...
As freirinhas...Eu chego a me emocionar, gente boa demais, Moreno. E ainda por cima cuidam de meu piazinho...
São legais...
Tudo que eu puder, faço por elas.
Estou vendo...
Dê para elas pelo menos dez pratas, tá bom?
Dez?
Achou muito?
Você é que manda... – é a metade...
Você ainda fica com dez. É muito dinheiro, vê se não deposita, vai devagar...
Como você achar melhor...
E o que você vai fazer com essa grana, Moreno?
Tô acumulando, pensando em arrumar minha vida, alguma coisa no interior, um armazém....
Vai virar comerciante?
Quem sabe...
O comércio bom tá é aqui, malandro...
E o risco também...
Nem pense em sair assim, amigo.
Eu não estou saindo...

Você sabe de coisas demais pra ficar longe, fora do controle...
De onde você está falando, Chefe?
Escuta só o som. Parede pra todo lado...
Uma cela?
E bem apertada. Mal posso me mexer...
E você aguenta isso?
Que diferença faz, irmão? Em liberdade nunca posso arredar o pé do buraco que os homens me pegam...
Castigo?
Me jogaram aqui, pensando que assim me impediam de agir... E outras razões também...
Que razões?
Olha, Morocho, vamos mudar de assunto.
Morocho? – estranhou Moreno.
Não gostou? É como minha mãe, colombiana, me chamava.

Sem saber de fato como uma coisa se ligava à outra, Moreno se lembrou do recorte de jornal que ainda trazia no bolso. A palavra *"Pueblo"*.

Morocho... – murmurou, esquivando-se da vontade de perguntar ao Chefe sobre a palavra.
Sacou... Morocho, Moreno. É esse mesmo seu nome?
De guerra... Meu nome verdadeiro...
Eu sei, não fale...
Você sabe?
O que é que eu não sei, Moreno?
Eu percebo, mesmo de dentro da pensão, você sabe das coisas.
Então, Moreno, você vai depositar o dinheiro lá para as freirinhas?
Você pediu...
Vou verificar depois...
Você sabe que pode confiar...
Confiar, amizade? A confiança é a mãe do ouro e a madeira dos tolos.

🧍🧍🧍🧍🧍🧍

Se o amigo estivesse dormindo, que acordasse.

Júlio acionou a tecla verde de seu celular, repetindo a chamada. Precisava dele. O amigo atendeu o telefone, ainda em sua casa. E, apesar da hora, seis e pouco, se mostrou solidário. Júlio precisava conversar. Havia dormido mal, dominado por uma tristeza sem motivo, um sentimento profundo, o peito achatado de angústia. Triste. Era preciso reagir, não sucumbir a essa tristeza. Precisava conversar, falar de outras coisas. Quando mais jovem, estudante, cultivava, com prazer, esse hábito de falar de coisas do espírito. Em bares, bancos de praças, praias, em rodinhas de amigos, o grande prazer era exercitar a capacidade de pensar, propor enigmas filosóficos, discutir política, colocar em cheque o conhecimento dos amigos. Um hábito lamentavelmente fora de moda. Mas agora precisava de alguém para conversar. E nada melhor do que JST para o escutar. Não tanto por ser psicanalista, mas por ser amigo e confidente.

JST atendeu.

Júlio mal deu o "alô" e derramou seu mal-estar.

Eu preciso de você, preciso que você venha aqui em casa...

Hoje?

Agora!

Você viu as notícias?

Vi, respondeu Júlio, sem mostrar convicção.

É melhor nem sair de casa...

Eu já não saio mesmo, sentenciou Júlio.

É o medo, amigo velho?

E não? Eu não sou como essas pessoas que gostam de exibir coragem e que depois se borram todas diante do perigo.

Em alguns dos instantes em que o Chefe silenciava, Moreno podia ouvir o longínquo som da guerra que atormentava a cidade. Ora tiros, ora os gritos impertinentes de ambulâncias ou carros de polícia. Era bom não estar escalado para as ações. Mais uma vez conseguira se livrar, convencendo o Chefe de que era mais útil na entrega das mercadorias, garantindo a entrada de dinheiro.

Dois carros de polícia passaram em alta velocidade, as sirenes ligadas, os pneus derrapando, os homens com meio corpo para fora das janelas, prontos para atirar com suas metralhadoras.

Moreno insistiu com o Chefe, tentando quebrar seu silêncio ameaçador.

Então, Chefe, é isso?

Era.

Moreno já não conseguia segurar sua tensão, o medo que fazia tremer suas mãos. A resposta monossilábica do Chefe ainda o atemorizou mais. Alguma coisa grave estaria acontecendo, ele estava em perigo. Nada a ver com a confusão da guerra com a polícia. Uma outra guerra, em que ele estaria metido. Ou seria o alvo. A verdade é que toda a rapaziada do esquema estava arregimentada para o dia do confronto. Os novos eram desafiados a mostrarem seu valor. Mas Moreno, com seu jeito maneiro, conseguiu ficar fora. Pelo menos até ali. O Chefe não dizia nada, mas sua voz agora estava diferente, uma conversa cheia de segredos.

E muitos silêncios.

Não se pode esquecer, nem um minuto, do que é capaz um chefe na marginalidade.

Não havia amizade, respeito, nada. Havia sim, uma violência sem limites. E quando alguma desconfiança passava pela cabeça de um chefe, não havia mais fuga possível. Moreno pensou no que poderia acontecer com ele, pensou na mulher, nos dois filhos. Precisava fazer alguma coisa para escapar dessa história que parecia já traçada.

Precisava agir.

Vou desligando, Chefe...

Espera, eu queria aproveitar para uns detalhes.

Detalhes?

Isso. Sei que você é filho da T... lá da Baixada.

Moreno sentiu bambear as pernas, nunca sentira tanto medo.

Moreno?

Tô aqui.

És ou não és filho dela, Moreno?

Você já sabe.

Sim, mas eu só ouvi dizer e precisava de uma confirmação de tua própria boca.

Então tá confirmado agora... Posso desligar?

Espera. Te perturbou minha pergunta, amizade?

Um pouco... Eu tenho que andar, você ouviu as sirenes da polícia?

Quer acabar com a conversa, Moreno? Que desconsideração é essa?

Meu cartão vai acabar.

Pois que acabe. Com a grana que você vai pegar, menino, compra todos os cartões do mundo.

Desculpa.

Olha, a T... era uma grande mulher. Ou ainda é?

Ela morreu. Ela e meu pai... eu ainda era muito pequeno.

Uma pena, ela era uma grande mulher...

Era...

Ela era rainha do Night & Days da Baixada, criação de meu compadre H...

Conheceu ele?

Se conheci... É seu pai?

Deve ser...

Grande figura, sem um olho...

Foi pracinha, se feriu na guerra.
Ganhou uma grana...
Moreno já não sabia o que pensar, para onde caminhava aquela estranha conversa. A fala do Chefe sobre seu pai vinha carregada de ironia. Arriscou então defender o pai.
E com a grana meu pai montou o "Night & Days" da Baixada...
Não vem com essa patriotada, Moreno... A grana ele torrou em bebidas, mulheres e jogo.
Ele gostava....
De quê?
De tudo isso.
Fala direito, Moreno. Isso te dói?
Não penso mais nisso... Essa é uma história antiga, quando eu nasci eles já moravam aqui nas quebradas...
E te deixaram na merda...
Eles me deram a vida, já basta...
Olha, eu ainda era garoto, mas conheci bem a T...
Conheceu?
Você pode bem ser meu filho e não do H...
(silêncio)
Moreno?
Sim, Chefe.
Não se espante, eu já fui o rei da Baixada.
Eu sei, o "Talco".
Talco! É o que passavam em mim quando bebê, um bem especial e por isso fiquei assim tão maciozinho. Eu era querido pelas mulheres...
(silêncio)
Moreno? Ainda está aí? Não desligue antes de mim.
Estou na escuta, é que passaram dois abotoados e me manquei.
Deixa os homens na deles: a gente os trata com carinho.
Já se foram.
Conhece?
O da direita é da 15ª.

Gente boa?

Você sabe...

Eu estava te falando da T, sua mãe...

Eu preciso ir...

Você não gostou da história de eu ser seu pai?

Eu preciso mesmo ir, Chefe. Agora.

Fazer o quê, Moreno?

Estou apertado...

Então vai.

Obrigado.

Só mais uma coisa.

Fala.

Você não parece satisfeito...

Não é isso, Chefe.

Fica ligado...

Pode deixar...tô ligado.

Você me conhece, Moreno?

Pelo apelido.

Apelido?

Arrependido, Moreno ainda tentou se livrar.

Talco...

Tá me escondendo alguma coisa, fio? Fala o apelido!

Posso falar?

Fala.

Você vai se chatear.

Fala, Moreno, fala. "Talco" você já falou. Já tive muito apelido, ninguém me chama mais pelos antigos...

É outro, de agora...

Fala, Morocho! Fala, carajo!

Moreno silenciou mais uma vez. Não podia revelar o novo apelido do Chefe.

O que fazer?

🯅 🯅 🯅

Era um sonho, é claro.
Mas tudo parecia tão real!

O ambiente iludia, ora parecia um bar, ora um imenso salão onde um jardineiro regava plantas artificiais. Assim amontoadas, as plantas simulavam uma concentração humana, quem sabe um comício visto do palanque, um ato, um protesto. Olavo não via uma coisa assim há tanto tempo, lembrava-se da Praça Central, as grandes manifestações humanas, as mãos agitadas. E principalmente as cabeças, um mar desenhado por milhares de cabeças, feito pontos móveis, uma paisagem preciosa sob seu olhar de estudante. A Praça Central, fechada por muitos anos pelos militares por causa das manifestações populares. *Para não ressecarem*, dizia o jardineiro, regando as plantas. E logo dezenas de jardineiros igualmente uniformizados regavam a multidão de plástico, plantas que agora cresciam com todo seu brilho de cera enquanto os caules e folhas inchavam, tomados pela água incessante. E as plantas então se deformavam como corpos abandonados, sem vida. Olavo se lembrava de um livro onde crianças delinquentes eram mortas por pistoleiros e seus corpos abandonados nas ruas. Como ninguém ousava retirá-los de lá, os corpos inchavam por determinação da morte, como se crescessem, finalmente crescessem, tornando-se adultos, ainda que sem vida. No sonho, eram as plantas que inchavam desmedidamente, prontas para se arrebentarem na inconsciência dos jardineiros.

O telefone tocou, o toque familiar, o hino repetitivo.

A Marseillaise.

Olavo atendeu, desnorteado com tantos acontecimentos estranhos e com a materialidade fugidia do aparelho. A mesma voz, parecendo vir de longe, atravessando mares, continentes, corrompida pela distância. Autoritária, insistia que ele deveria ir, que o "Homem" falaria com ele, o reconheceria. Antes que Olavo perguntasse qualquer coisa, desligava. E isso se repetia, sem cessar. Pela rua de terra, defronte ao bar, desfilavam duas carroças, puxadas por cavalos exageradamente engalanados e sonorizados por dezenas de pequenos chocalhos. As carroças fechavam a rua enquanto seus condutores, seminus, batiam papo, colocando em dia suas novidades. Novidades que depois sairiam levando, os dois, como arautos, cada um para seu lado. Era assim, naquele mundo estranho, que as notícias andavam, levadas por carroceiros com seus cavalos. Por onde passavam, os cavalos mensageiros enchiam as ruas de bostas, em volumes e frequências espantosas. E bostas que, por sua vez, seriam catadas por chacareiros que adubariam suas hortas, alfaces e cenouras vendidas em feiras, supermercados e que acabariam depois em nossas bocas e intestinos. As fezes dos infelizes animais ainda nos servem como há milhares de anos sem que eles mesmos aproveitem um mínimo de todo nosso progresso. *Pelo contrário, pelo contrário!* – a qualquer momento podiam ser dispensados, trocados por máquinas e depois triturados em algum matadouro clandestino. E transformados em salsichas ou mortadelas que também acabarão em nossas bocas. E intestinos.

O céu, pintado por nuvens coloridas e compridas, feito estrias, parecia real demais.

Fala, Moreno, qual é meu apelido?
Recostado numa velha parede do bairro, Moreno sentia o peso da conversa com o Chefe. Tinha que ter cuidado com o que falasse. Nem podia esconder tudo nem revelar tudo o que sabia. E tomar cuidado com sua sensibilidade de chefe.
Fala, moreno, vamos lá!
O Chefe não desistiria. As ideias se embaralhavam, difícil saber exatamente o porquê daquela insistência.
Não vai ficar bravo comigo?
A reação do homem foi como um soco bem dado no estômago.
Puta que o pariu, fala, caralho, que eu já tô perdendo a paciência.
Moreno não se conteve, pressionado pelo outro. A palavra saiu como um murmúrio, espremida pelo medo.
Manqueba.
Fez-se um silêncio longo, terrível, sem fim, que batia no peito de Moreno.
Eu não entendi, Morocho. O que você disse?
O que fazer? Repetir o apelido? Ou sumir terra adentro, desaparecer?
Diga aí, Moreno, eu quero ouvir.
Você não vai gostar...
Diga logo, caralho!
A palavra saía agora como um parto, do fundo da terra onde Moreno havia mergulhado sua vida.
Eu disse Manqueba...
De novo o silêncio terrível.
Alô. Alô!?

Sol quente, ruas lotadas e o primeiro arrastão do dia. Em mais um dos arrastões nas ruas centrais, e nas praias, bandidos apavoram os cidadãos, fazem correr as centenas de boys com suas pastinhas e gravatas mal-arrumadas. Pela manhã, cerca de vinte marginais, quase todos menores de idade, varreram as ruas e algumas praças, até a frente do imperial Teatro da Cultura. O método é o mesmo de sempre: passam correndo e gritando, apavorando as pessoas, enquanto arrancam delas tudo o que carregam.

Uma mulher, Dorothy, americana, com seus sessenta anos, chegou a ser derrubada no asfalto depois de tentar, em vão, salvar sua bolsa. Um turista argentino reagiu, indignado, e acabou ferido com uma facada no braço esquerdo.

Também no Túnel da Dois de Março, bandidos armados fizeram novo arrastão, obrigando os motoristas a entregarem relógios, celulares e dinheiro. Dois carros também foram levados.

"Ninguém esperava uma coisa dessas, foi terrível", disse um jovem que, num táxi, seguia para o aeroporto, de onde embarcaria para Berlim.

"Agora, sem dinheiro, não sei o que vou fazer"...

Uma senhora de origem árabe teve seus bens e até passaporte roubados...

JST tirou o telefone do ouvido, ganhando um tempo enquanto desligava sua pequena TV.

Êta vida, êta mundo, tudo nas mãos de bandidos. *A cidade é isso, esse aglomerado do qual fazem parte os cidadãos, os prédios e da qual se espera o abrigo, o emprego, alguma ordem e proteção. Não nos conhecemos como pessoas, convivemos como corpos, movimentos e possibilidades, irmanados justamente pela cidade e por tudo o que muitos cidadãos dela se servem, como os comerciantes, banqueiros e bancários, ambulantes e também aqueles, os marginais, sejam eles independentes, por conta própria, sejam simples soldados dessa guerra terrível que nos transforma em caças das quais vivem os senhores da guerra e da paz. De tal forma que o uso de nossas vontades e de nossas forças ora se faz seguindo tantas e tantas regras ou simplesmente desafiando as determinações e jogando por terra, ou asfalto, todas as nossas crenças.* É um absurdo sob o qual é preciso viver para que nos tornemos todos, de fato, pela via do aprendizado e da revolta, cidadãos.

Percebeu que Júlio gritava do outro lado da linha, desesperado.

Calma, eu estou aqui!

E por que não respondia?

Eu estava vendo o noticiário, o arrastão de ontem. Terrível.

Terrível para quem estava lá...

Pois eu estava lá, ontem, justamente no centro...

No arrastão?

Felizmente escapei, entrando num banco. Puta que pariu, era mesmo de dar medo. A gente fica igual peixe na rede de pes-

cador, não sabe o que fazer. Só sabe que está na rede, não tem escapatória...

Mas você disse que escapou...

É, eu tive muita sorte, entrei na sala do gerente do banco...

Júlio resolveu cortar a conversa.

Já não bastavam os tiros, todo esse rebuliço? – mas o importante agora é saber, – você vem, afinal?

O que está acontecendo, Júlio?

Minha mãe... Ela morreu nessa madrugada...

Eu estou indo aí, abreviou JST.

Conhecia o amigo, sabia que não haveria escapatória. Teria que visitá-lo, ouvir sua conversa sem fim, cuidar de mais uma de suas crises.

👤 👤 👤 👤 👤 👤

Manqueba, Manqueba, puta que pariu, como é que eu fui fazer uma besteira dessas?

Moreno se martirizava. O apelido, era evidente, se referia a algum defeito na perna. Não o conhecia pessoalmente. Poucos, muito poucos o conheciam. Mas o boato era esse, que mancava. E o apelido corria de boca em boca, como uma espécie de desafio ao perigo. Ou uma vingança diante do poder e da violência do Chefe.

Manqueba. Como é que fui dizer uma coisa dessas?

Alguns garotos passaram, em grande algazarra. Uniformizados, se divertiam com a poeira, as pedras na rua de cascalho, as poças de água. Moreno se esforçava para pensar em outra coisa, esquecer o Chefe, esquecer a bobagem cometida ao dizer o apelido do homem. Ele gostaria de se ver ali, garoto, como estudante. Mas as lembranças de infância não eram tão agradáveis. O trabalho de engraxate, a casa miserável na entrada de uma favela do bairro, os pais decadentes, bêbados, drogados. E criado por vizinhos, depois da morte trágica de seus pais num incêndio. O Chefe havia dito que conhecera sua mãe, Talita, uma cantora de boate que chamavam de "T". Era um passado incômodo que Moreno conhecia pouco e que preferia que ficasse assim, no passado. Não gostava de lembrar também do incêndio, era tão pequeno, sabia que os pais estavam lá dentro, certamente drogados, – e que foram incapazes de fugir. Não quis ver os restos queimados dos pais e nem ficar com o local do barraco destruído. Criado por vizinhos, tratou de ver seus pais adotivos como os verdadeiros pais, fugindo do tormento de sua memória de menino. Com essas lembranças, tentava se colocar ali entre os garotos, escolares. Procurou por um breve instante imaginar um futuro melhor para si mesmo, embora a descrença em qualquer futuro teimasse em desmanchar essa fugaz tentativa de sonho.

Manqueba...

Deus do céu, por que é que eu fui dizer?

E se ele ainda não soubesse, pior ainda. Tentou ligar de novo, nada. Outra vez, alguém pareceu atender.

Chefe?

Nada, o outro desligara.

Moreno passou a mão pela testa, a suadeira.

Não devia ter falado, não devia ter falado, não devia ter falado.

Repetiu isso mil vezes, tomado de ódio por si mesmo. É claro, o homem não gostou. Era apelido de criança, mas ninguém ousava chamá-lo assim. Manqueba revelou sua vocação de bandido ainda muito cedo. Tinha vocação. Pouco se sabia dele, de sua origem, família. Havia notícias dele com 12 anos, quando costumava encher as casas pobres de seus amigos com produtos de supermercados e shopping centers. E mais nada. Ele dizia que era da Baixada, mas o que se dizia é que na verdade ele nasceu em algum país vizinho e fugiu para a Baixada, roubando um carro, escapando de uma caçada policial.

Tinha vocação, não era como eu, um besta, vivendo de engraxar sapatos sujos na periferia.

Manqueba não, ainda criança vivia do bom e do melhor, além de distribuir tudo o que conseguia com os amigos e suas famílias. Era assim que conseguia proteção de todos, tornando-se uma espécie de benfeitor de todos os lugares onde morou. *Como seria ele, de verdade? Mancaria mesmo de uma perna? Teria caído de uma mangueira? Levado um tiro?* Moreno não podia fazer ideia de quem era, na verdade, o Chefe. Sabia apenas essas raras informações sem origem, imprecisas, incompletas. O Chefe então ganhava uma dimensão mítica, um herói contraditório, sem rosto, capaz de tudo para seguir o caminho traçado por ele mesmo, mas que ele atribuía ao destino.

O importante agora era saber o que o Chefe faria, como reagiria à revelação do apelido. Pois gostar, Moreno sabia que não gostara.

E aí é que estava o perigo.

Tocou o celular, Moreno olhou o número.

Era o Manqueba.

Melhor não atender, ele vai pensar que joguei o telefone fora, como ele mesmo recomendou. Ou atendo?

Os dois policiais passavam de volta, Moreno desconcertado, o celular na mão, tocando a buzina estridente que Moreno não sabia quem havia programado.

Algum problema, cidadão?

Problema? Não senhor.

E por que não atende o celular?

O celular?

Está buzinando...

(risos)

Ah sim, mas...

Mas?

É uma garota, pega no meu pé.

Garota?

Moreno reparou na mão direita do policial, apoiada no revólver, o "tresoitão".

A outra mão se oferecia para atender.

Estou fodido, se o Chefe atender o celular...

Sem jeito de escapar, ofereceu o celular que, milagrosamente, parou de tocar.

Escapou de uma boa, disse o policial.

Moreno suspirou aliviado.

Escapou de levar um belo chifre, emendou o outro policial.

Riram.

Moreno pegou o celular, o sentimento de alívio temperado pelo medo. Medo menos dos policiais do que do outro, o Man... – evitava até mesmo pensar o apelido.

Puta que o pariu, o que é que eu tinha que falar!

Apressou os passos, lamentava ter as pernas tão curtas. Era baixinho, atarracado, mulato, pobre. Mas o que incomodava agora era o comprimento das pernas. Queria ter pernas compridas, ser campeão de corridas para fugir.

Mas fugir pra onde?

Morreu. Minha mãe morreu nessa madrugada...

JST mal abriu a porta da bela casa e já foi sendo saudado, agora ao vivo, com a repetição da notícia terrível. Júlio caprichava na entonação, o tom controlado e melodramático.

JST o observava com ironia. *Deve ter ensaiado isso antes de minha chegada...*

Já sei, te avisaram pelo telefone...

De manhã. Pelo telefone, me avisaram, eram umas seis horas.

Tão cedo?

O dia nem bem começava, acordei com o toc-toc-toc de um pássaro que aproveitava insetos arrebentados em minha vidraça madrugada afora. Parecia mesmo um aviso. E eu mantinha os olhos fechados. Era difícil abri-los depois de oito, nove horas de sono tão profundo, quando tocou meu celular.

Você dorme de celular ligado?

É um hábito...

Coisa de solidão, – ou de medo.

Talvez os dois.

E então, você está triste?

Eu ainda estava sonado, os sonhos ainda se misturavam em minha imaginação, como numa febre, feito pequenos e incontroláveis animaizinhos. Minha mãe dizia que eu, quando criança, delirava quando tinha febre.

Você nunca deixou de ser assim, delirante...

Obrigado.

Você é engraçado. Ainda agradece?

Olha, mais do que delirar eu entrava em outra dimensão. O corpo parecia enorme e disforme. "Mãe, eu estou flutuando", e o corpo parecia ser de outro, não apenas disforme, mas encaroçado, feio, como a imagem ampliada de pele com grossos pelos, justamente pelos, que sempre me dão náusea.

Tem nojo de pelos?

É terrível.

Desde criança?

Eu dizia, "mãe, pareço um sabugo de milho"!

E sua mãe...

A mãe nunca ria, dizia palavras doces, falava de outras coisas simples, me fazendo retornar à normalidade.

Era o que você queria, com toda essa tendência ao devaneio?

Eu vivia descontente com o mundo...

Vivia?

Hoje já nem sei o que dizer. Quando criança meus amigos recebiam mais presentes do que eu, comiam uvas, tomavam guaraná, minha mãe me consolava. O médico havia dito a ela que essas coisas fazem é mal, guaraná tem cafeína, vicia como droga e que os viciados em guaraná, – coca-cola então nem pensar –, primeiro se viciam em cafeína e depois em maconha e cocaína...

Credo!

E aí, quando vinha a febre, parece que o demoninho desse descontentamento tomava meu corpo.

Onde parece ter ficado para sempre.

Mãe, eu estou flutuando, mãe, – que nada, está quietinho em sua cama, é a febre. Ela pedia a meu pai, traz o termômetro, esse menino tem que estar com febre. A gente já mediu, dizia ele. Mas eu gostava de ter meu pai ali perto, dizia que precisava medir de novo, meu pai vinha pacientemente colocar sua mão em minha testa. Era bom...

♦ ♦ ♦

👥 👥 👥 👥 👥 👥

Olavo se via como se estivesse de fora do prédio, um olho vagando na altura de seu apartamento. Como no sonho, seu apartamento real permitia uma ampla visão do centro da cidade. Pela janela, no décimo sétimo andar, podia-se observar a larga paisagem urbana, os edifícios, a cidade a perder de vista. Diante dessa paisagem de asfalto e cimento, costumava imaginar quantas histórias se desenrolavam em cada instante, em cada edifício, em cada apartamento, em cada vida. Se soubesse de tudo, se pudesse fotografar tudo o que visse, quantos álbuns imensos não teria publicado, com toda a loucura dessa cidade. Em vez de moda, modelos, o delírio e a violência sem fim da vida urbana. Em seu devaneio, espantava-se de ver que os pés pairavam sobre o velho tapete, sem pisar. Tomado pelo medo de se arremessar janela abaixo, por impulso próprio de algum pesadelo, agarrou-se nervosamente ao beiral da janela. Via-se já com metade do corpo para fora, a cabeça forçada para baixo obrigando o olhar a medir a altura em que se encontrava e que, agora, parecia ainda maior.

O celular tocava de novo.

A "Marseillaise", estridente, fora de hora.

Olavo se perguntava: *por que a "Marseillaise"? Mas quem sabe nem estávamos tão longe assim de todas essas lutas, guerras, quem sabe tudo aquilo teria feito parte de outro sonho, nada mais que sonhos, as massas populares, a plebe, a guilhotina, a declaração dos direitos do homem.*

A voz longínqua insistia, tentava convencer: *você tem que ir, nós contamos com você...*

Mas...

Que mas...

A fala vinha pausada, um tanto pastosa, talvez amortecida pela distância.

Incomodado com a luz, – e com sua incapacidade de despertar, de se mexer, de desligar a maldita lâmpada –, Olavo sentia ainda martelar em sua cabeça aquela ordem de ir ao encontro do "Homem", a ordem repetitiva que vinha do celular. Tentava firmar a ideia, não queria ir, não deveria ir, mas sabia que acabaria indo. Sabia disso, sempre fora prisioneiro da fatalidade. Lutava sempre contra isso, mas o sonho sempre dominava suas vontades, jogando com sua vida. Como no sonho de agora, deslocando seu corpo de um lado para outro, misturando paisagens, feito um boneco dominado, sem poder sobre seu próprio destino e subitamente mergulhado no ambiente de um bar. O garçom, indiferente às pernas e pés, lavava o chão do bar com uma mangueira de água exageradamente fria. Alguns operários, para obedecerem ao seu comando de "levantar os pés", levavam as mãos à testa, imitando continências militares. O celular insistia. O som da Marseillaise parecia ter forma, como um espectro inquieto e indefinível, navegando por um deserto verde, onde tufos de espessa escuridão brigavam com a intensa luz que incomodava os olhos e o sonho. Era um verde estranho, como um asfalto pintado. Sobre o asfalto restos de bandeiras, casacos esvoaçantes, batalhões de máscaras tocadas pelo vento em rígida formação militar. Como numa tela de Chagall, um animal voando sobre a multidão. Não, não era um cavalo, era um cãozinho pobre, vira-lata. Tudo como um cenário imagético para o som incomodativo do celular, pois os movimentos da música ora se repetiam incessantemente, ora se distorciam carregados de melancolia. Tomado por tamanha confusão e desinteligências, Olavo dizia à voz para esperar, pois além de toda essa algaravia, percebia que uma pessoa, sozinha, caminhava sobre o verde, em sua direção. Era possível distinguir bem, apesar da penumbra e da contraluz. O olhar do estranho não deixava dúvidas, era dirigido mesmo a Olavo. O homem vinha coberto por uma longa e pesada capa, a cabeça sob o capuz, e anunciou que outro "chefe" queria falar com Olavo. Antes que Olavo perguntasse que "chefe", outra figura surgia, como se saído por detrás da capa escura. Um homenzinho miúdo, o velho paletó ensebado, de couro, misturando os tempos, lembrando a própria figura de Olavo, jovem estudante, envolvido na "revolução".

Outro chefe?

O homenzinho, alheio ao primeiro, repetia que "*o outro Chefe queria falar com ele*".

Que outro chefe?

Você vai saber! – responderam os dois, num sincronismo tão perfeito que denunciava a irrealidade de tudo aquilo. Um dueto em que uma voz parecia engolir a outra com suas sinuosidades absolutamente emparelhadas.

O Chefe quer te convencer, sim, te convencer da luta armada.

De novo? Eu o conheci sim, ainda antes do golpe militar. Era um cinquentão forte, pescoço de touro, nenhum fio de cabelo na cabeça. Passado o golpe, lá se foi ele para a luta armada, e eu fui junto com ele, muitos amigos, colegas naquela aventura trágica. Tanta gente que não teve a mesma sorte que eu! – *mortos, desaparecidos, à mercê da violência maldita do regime militar...*

Ora, caralho, Manqueba ter um filho num orfanato, era só o que faltava.

Moreno tentava se concentrar em algumas tarefas. Tinha que parar de pensar no Chefe. E de se culpar pela besteira de falar o apelido de um homem tão perigoso. Agora devia conter o medo e as dúvidas. Tinha que seguir as ordens do Chefe, mesmo se não conseguisse falar com ele. Tentava se organizar mentalmente, enumerando tarefas.

Receber a grana, levar o pacote para a bela e perigosa Eneida. E as dez pratas para as freirinhas que cuidavam do filho do Chefe.

Mas aquele era um dia de revolta. Um comportamento que ele mesmo não conseguia compreender.

Era mesmo só o que faltava, um filho do Manqueba.

Percebeu que pensou o perigoso apelido do Chefe. O maldito apelido não saía de sua cabeça, aflorava como um intruso, indesejável e perigoso.

Manqueba, Manqueba, maconheiro, Manqueba, maloqueiro, puta que o pariu!

Eu sei bem que o problema não está exatamente na violência, na falta de segurança. O problema sou eu mesmo.

A conversa com o amigo psicanalista não parecia ajudar. Nos últimos tempos quase não saía de casa, alimentava sua solidão que parecia crescer a cada dia.

Nem mesmo o cinema. Ainda mais agora, com esse tiroteio...

O amigo o olhava desnorteado, sem saber por onde recomeçar a conversa. Coisa difícil para um psicanalista, entender amigos. Ainda mais uma pessoa complicada como Júlio

Você quase não fala de seu pai.

Meu pai sabia pouco das letras, mas sabia bem ler o termômetro apesar de que ali tudo pode parecer bem escondido, como as verdades desse mundo.

Estou ouvindo. Seu pai...

Sim, meu pai era um tipo, um personagem... Passou a infância nas fazendas de meu avô, conhecia bem a natureza. As plantas pelo seu nome, as árvores pelas suas sementes, as folhas pela sua seda. Os remédios, as raízes, as formigas, as cobras... As aranhas e as cobras boas, aquelas que matam as venenosas. Dizia que a natureza era sempre uma lição, que é preciso aprender, muitas pessoas matam cobras boas e com isso deixam numa boa as cobras más. Explicava que as boas, como a jiboia, a caninana e a mussurana engoliam as más com veneno e tudo.

Era uma metáfora ou uma aula de ecologia?

Meu pai era, sim, um ecólogo, antes mesmo de existir ecologia.

É uma questão para verificar, quando surgiu esse termo, essa preocupação...

Mas era..., confirmou Júlio, convicto. *Ainda hoje, passados tantos anos de movimentos ambientalistas, e muita gente ainda mata as aranhas caranguejeiras.*

Eu mesmo..., confessou o amigo.

Está vendo? – elas são devoradoras de ratos mas, coitadas, feias daquele jeito acabam sob os chinelos e botinas e às vezes dentro de vidros em álcool onde a estupidez humana aprende a expor as coisas como conquistas, como vitórias.

Manqueba... O homem deve ser manco e complexado, eis o perigo.

Moreno conhecia gente assim. Conheceu um deles, um "chapa", profissão de guiar caminhoneiros quando entram na cidade. Fora da profissão era um despachador de almas. O homem tinha só o cotó do braço direito. Jafé, esse era o nome. Para atirar, nem precisava do braço perdido, atirava com a canhota em cabeça de pau de fósforo. Era bom de prosa, gostava de uma roda de cerveja, que sempre pagava tirando maços de dinheiro do bolso. Mas ai daquele que ficasse olhando para o cotó de braço, cotó que ele nunca ocultava. Pelo contrário, parecia querer chamar a atenção para ele. Vai entender. Chamava a atenção, o gaiato olhava e pá, lá vinha ele na violência que muitas vezes acabava em morte. Até que encontrou alguém mais rápido do que ele. O Claudino, um pernambucano seco e quieto. Dizem que agiu por encomenda, o Jafé tinha fama demais, e isso já incomodava. Era pomposo demais, dali a pouco não obedeceria mais ninguém. Ele e Claudino sentaram-se numa mesa com vista para o bairro iluminado, Vila Margarida. Meia-noite, o papo era cada vez mais animado, Jafé com o cotó do braço passeando pela mesa como uma oferenda. Claudino na dele. Até que no meio de uma conversa besta, Claudino se saiu com essa:

O que foi no seu braço, malandro?

Correria no bar, Claudino não seria o primeiro nem o último a tombar nessa ousadia. Mas Jafé titubeou. Achou a coisa muito direta, ousadia demais.

Quem é você, perguntou.

Eu sou eu.

E basta?
Basta.
Estou desconfiando de você, amigo velho.
Não há por que desconfiar. Só fiz uma pergunta.
Os olhos de Jafé ferviam de sangue.
Quero saber quem é que te paga, mano.
Eu perguntei primeiro, Jafé. O que houve com o braço?

Jafé saltou de lado, derrubando a cadeira e já buscando a arma com a mão que lhe restava. Mas tombou varado, ainda no ar, pela automática de Claudino. Jafé morreu e Claudino virou um mito na Vila Margarida. Até cordel ganhou, bairro de nordestinos ainda tem disso. Claudino, matador de pistoleiros. O povo logo se desiludiria, vendo Claudino se ocupar das tarefas de Jafé, mantendo a Vila no medo sombrio em que sempre vivera.

BERÊ

JST já parecia enjoado daquela conversa mole e sem fim de Júlio. Desconfiava que o amigo escondesse alguma coisa e por isso suportava aquela mesmice um tanto manhosa.

Uma garota, saia muito curta, abriu a porta de frente e entrou. JST percebeu o olhar fugidio de Júlio, como se vigiasse, sem querer ser percebido, a reação do amigo diante dessa entrada triunfante em cena.

Berê, murmurou Júlio, sem conseguir disfarçar uma forte emoção.

Berê vinha acompanhada de um rapaz, alto, magrela, muito branco. O rapaz, vendo Júlio, recuou rapidamente para fora da porta, ficando ali um tempo, desconcertado.

Júlio o encarou com curiosidade. Sabia de muitas histórias do rapaz, algumas divertidas e outras bem pesadas. Com o sumiço de Berê, o rapaz também desaparecera por todos esses dias, deixando de prestar os serviços tão necessários, como trazer um jornal, fazer uma compra no supermercado, buscar algum remédio. Pois era isso que fazia por todo o bairro. Agora Branquela reaparecia, junto da moça. Júlio evitava pensar muito nas coisas pesadas que sabia do rapaz, uma delas envolvendo Berê.

Aí está o Branquela...Por que não entra?

Foi o suficiente para que o rapaz virasse as costas e desaparecesse.

O amigo JST não saberia decifrar o que se passava ali. Júlio havia pronunciado o nome da moça, Berê de uma forma tão interiorizada, era difícil saber se apresentava a moça ou simplesmente expressava sua surpresa. Uma bela moça, com toda sua juventude e sensualidade, por acaso destaque na escola de samba do bairro. Impossível tirar os olhos daquele corpo perfeito debaixo do vestidinho curto e comum. Júlio garantira ao amigo que a moça era apenas amiga. E que a conhecera justamente num encontro na Escola de Samba, quando seria apresentado o tema do futuro samba-enredo: "*Amor nos tempos modernos*", com letra ainda por ser escrita.

Ela vem sempre, ajuda a pôr a casa em ordem, me faz companhia...
Isso é muito bom, ironizou JST.

Berê deslizava seu corpo com intimidade naquele ambiente sofisticado, entre tapetes caros, quadros nas paredes, vasos de flores, livros de arte. Levava para toda parte o sorrisinho de quem se sabia tragada pelo indisfarçável olhar do amigo de Júlio.

O veterano arquiteto soube criar seu ninho de solidão, a sala lembrando um bom útero para onde gostaria muito de voltar... e a deusa morena como um peixe de estimação nesse aquário. O olhar irônico dirigido a mim pode estar dizendo que eu deveria ir embora...

Se você quiser volto depois, sugeriu.

Mas Júlio, um tanto por ciúmes, um tanto pela necessidade de falar, não deixou que a garota desviasse o tom da conversa. Sabia da ironia do amigo, nem precisava ouvir seu comentário.

Berê estava ali e esperaria. Ou não teria voltado.

Eu estava falando de meu pai...

Júlio suspirou profundamente, buscando o ar que lhe faltara naqueles dias de crise.

Meu pai era um verdadeiro ecologista...

JST entendeu o recado. Era melhor esquecer a moça.

Você nunca me falou disso, desse seu inesperado amor pela natureza, pelos bichos. Logo você, um bicho urbano que nem de tomar sol gosta.

Júlio abriu a velha caixa de charutos cubanos. Escolheu e, seguindo todo o ritual, acendeu, soltando com excessivo prazer a primeira fumaça. Parecia esquecido do amigo.

Eu sei que você não fuma...
Tenho mais juízo que você...

São cubanos, ainda tenho amigos por lá.
Ainda?

Júlio se acomodou na poltrona, fugindo à pergunta. Cuba era um assunto pesado, um desconforto que tentava evitar. A Revolução Cubana fora um marco em sua vida, em sua juventude, direcionando a rebeldia de sua geração. E agora com todo esse desgaste, o final arrastado de um sonho socialista para a América Latina. Pois para o resto do mundo tudo se acabara com a queda fenomenal da União Soviética. E coube a Cuba a agonia de uma longa enfermidade.

Cuba se afastou de você ou você é que se afastou de Cuba?

Júlio tragou fortemente seu charuto cubano. Era melhor não responder.

A ditadura brasileira nos dividiu... Os cubanos pregaram a luta armada...

E você não estava certo, seguindo outro caminho?

Por que o amigo insistia com essa questão?

A forte imagem da tela de Orozco não saía de sua imaginação.

Mortos dando à luz novos mortos.

Valeria a pena mostrar ao amigo? Melhor não, é apenas uma reprodução...

👤 👤 👤

"Sonho maluco".

Olavo se perguntava, em sua existência dupla, o que estaria fazendo, em sonho, num aeroporto. Lembrava-se, em sua difusa consciência, do homem estranho no aeroporto de Goiânia. LHS. Mas agora, nesse sonho, o homem era outro, a maleta de executivo. Dizia que precisava ir para sua cidade, mas que uma coisa estranha havia acontecido: a cidade, que já era muito longe da capital, ficara mais longe ainda. A Terra parecia ter se espichado igual a uma tira de borracha. Ninguém havia percebido, o fenômeno se deu numa noite, em silêncio, sem alardes. E, como sempre, todos logo se acostumaram com a nova realidade. O homem segurava Olavo enquanto dois tipos miúdos lhe faziam perguntas de tal forma que a fala de um se sobrepunha ao que o outro perguntava. Mas o questionário era insistente, talvez quisessem pegá-lo em alguma contradição, como os americanos no aeroporto de Miami.

Americanos? Exilados de Cuba, agora funcionários da polícia norte-americana em Miami.

Mesmo dormindo, Olavo sorria. Ora, ele havia vivido mesmo uma situação como aquela. Uma viagem do Brasil para o México, escala em Miami. Os interrogadores eram "gusanos", como os cubanos gostavam de chamar esses exilados nos Estados Unidos. O sotaque cubano, fazendo da boca uma câmara de ecos, não enganava.

O que o senhor veio fazer nos Estados Unidos?

Eu não vim para os Estados Unidos. Estou fazendo escala para o México.

"Conoces" alguém nos Estados Unidos?

Conheço, mas...

E pretende ficar na casa de algum "conocido"?

Eu já disse que não vim para os Estados...

E o que o senhor vai fazer nos Estados Unidos?

Vontade de mandar aquele gusano à puta que o havia parido.

Estou de passagem, uma escala para o México, um encontro de estudantes latino-americanos...

O cubano-chefe sorriu.

Estudiantes...

Finalmente a guerra parecia vencida. Mas o cubano era insistente.

E o que é que nosso intelectual latino-americano aqui vai fazer "en los" Estados Unidos?

Puta que os pariu.

No sonho, as perguntas agora saíam de lugares estranhos. De latas de cerveja largadas na rua, de troncos de árvores, de nuvens e até de um escolar que o observava com desdém: vinha curiosamente carregado com sua enorme mochila sobre a qual se sentava outro moleque igual e sobre cuja mochila outro moleque... Falavam todos juntos, num sincronismo perfeito demais e de bocas fechadas, feito ventríloquos...

E se a luta armada tivesse vencido?

Se tivessem mesmo derrubado a ditadura?

Em que país viveríamos hoje?

O que você estaria fazendo agora?

Seria chefe?

E o que seria dos inimigos? Seriam fuzilados?

Teríamos um outro socialismo brasileiro?

Uma intervenção russa e depois uma americana?

Uma nova guerra mundial?

Agora era uma boca, sob o vasto bigode; Olavo a reconhecia: era a boca do cubano/gusano que o interrogara no aeroporto de

Miami. A boca, enorme, fechava a entrada do bar, pronunciando com exagerada precisão os sons das palavras provocativas.

Como se quedaria el capital estranjero?

Seguiríamos con el cine norte-americano en las pantallas? Producindo y comprando fuscas? Y coca-cola?

O cubano agora era um índio pele-vermelha, todo paramentado, pronto para a guerra, dançando sua dança ridícula que em vez de aterrorizar fazia rir.

Não vá fazer chover, gusano de mierda!

O MAIORAL

O celular, teimoso, disparou de novo, ameaçador. Manqueba, sem dúvida, era ele, insistindo. O número já era outro, mas Moreno sabia que era ele. Só Manqueba sabia o número desse novo celular. Desesperado, Moreno jogou o aparelho no chão e sapateou sobre ele, esparramando pedaços de pura tecnologia no chão empoeirado e sujo.

Pronto.

Agora teria que fazer tudo com muita pressa mas sem erros. Para começar, buscar o dinheiro. Nem ia se chatear, como das outras vezes, ter que usar terno e gravata. Gravata e terno únicos que recebera em casa. Um pacote enviado pelo correio, nem sabia por quem nem de onde. Não se chatearia, embora a gravata dificultasse sua respiração. Como em tantas outras vezes, entraria no prédio chique da empresa até ser recebido pela secretária do Maioral, a moreninha tão bonitinha quanto enjoada. Depois seria recebido pelo próprio Maioral que, com um sorriso desconfiado, lhe entregaria o pacote do tamanho de uma maleta de executivo. Sem conversa, sem perguntas, tudo muito rápido e correto.

Na primeira vez...

A lembrança da primeira vez vinha como um alerta. O Maioral seguia exatamente o que estava combinado, entregando a maleta com o dinheiro para aquele novato.

Pode abrir e contar, se quiser, – disse o Maioral, percebendo o jeito desconfiado de Moreno.

Moreno abriu e se espantou com tanto dinheiro, notas novinhas e grandes. Contou, faltavam cem reais para os duzentos mil.

Cem reais, nada mais.

O que fazer?

Falar? Deixar passar?

Cem reais..., faltam cem reais, arriscou.

O Maioral não se continha, irritado. Apertou botões sob a mesa e logo se arrependeu ao ver a secretária moreninha entrar abruptamente na sala. A moça foi imediatamente despachada enquanto Moreno, esperto, protegia a mala com o corpo.

Cem reais? Perguntou o Maioral, incrédulo.

Sim senhor, cem reais.

O Maioral abriu a carteira e sacou dali duas notas de cinquenta e entregou a Moreno que, baixinho, tinha que erguer a mão para receber o dinheiro.

Puta que pariu, suspirou o Maioral.

Puta que pariu.

Moreno decidiu que nunca mais faria aquilo.

Nunca mais.

Estava se metendo com gente graúda, não deveria se expor assim.

O que teria pensado dele o Maioral?

Mesmo agora, passado tanto tempo, sentia que o Maioral despertava nele esse espírito provocador. Lembrou-se da história de Jafé, coitado, a lição era não se tornar inconveniente, não crescer o olhar, não incomodar. A gravata, entortada pelo tempo e falta de zelo, apertava quando recebeu do silencioso Maioral a nova maleta com dinheiro. Moreno se irritava consigo mesmo, enfrentando a centelhazinha de curiosidade que ardia na ponta da língua.

Que dinheiro seria esse?

De que negócio?

Deus do céu, sabia que era perguntar e se considerar um homem morto. Mas naquele dia já se sabia meio morto, depois de ter chamado o Chefe pelo odiado apelido. Então, já que estava mesmo condenado, por que não? E tascou a primeira pergunta.

De onde veio esse dinheiro?

O Maioral, pego de surpresa, se jogou contra o encosto de sua cadeira portentosa e chique. A pergunta era absurda e parecia abusiva a expressão inocente do baixinho ousado que a pronunciara.

Ora, ora...

Meu pai era sim, um ecologista nato...

JST disfarçou o sorriso de ironia. E esperou.

Estava claro que Júlio procurava escapar do cerne de sua crise.

Eu sempre soube essas coisas pelo meu pai, aprendi que certas vitórias são, na verdade, derrotas, como essas de matar os pobres animais que estão no mundo para nos ajudar a combater os maus animais.

JST se divertia.

É uma linguagem um tanto infantil... Eu me pergunto se ainda agora, adulto, você continua com esse fervor...

Acho que lutei a vida inteira contra isso, contra essa febre que me fazia viver num mundo terrível de pura ilusão.

Você hoje está falando de seu pai, é uma novidade. Antes só falava da mãe...

Psicanálise barata... Você é meu amigo, não meu analista.

Mas você muitas vezes, como agora, conversa comigo como analista.

Faço isso porque você é meu amigo.

É uma consulta a domicílio, essa é a diferença.

E de graça... – provocou Júlio.

JST evitou a provocação.

Estou vendo que a conversa vai longe. Me diga: como acha que vai ficar seu pai agora, sem sua mãe? Aliás, ele ainda é vivo?

Júlio olhou desconfiado para o amigo.

Essa é uma questão...

Se ele é vivo ou não? Você fala dele sempre no passado...

Júlio desconversou.

Ele se acostumou tanto com minha mãe, para comer, pegar o chinelo, trocar de roupa...viver...não sei como vai ficar...

A garota, agora com um avental que cobria apenas a parte da frente das pernas, entrou em cena de novo. Berê. Com um espanador e um pano, tirava o pó das mesas, vasos. E tentava refazer um mínimo de ordem no ambiente, empilhando os grossos livros de arte, dependurando quadros tirados dos lugares sabia lá por quê. Ela parecia cantarolar alguma coisa que JST tentava em vão identificar.

Diz aí pro moço que música é essa e deixa isso, Berê. Ele não tira os olhos de tuas pernas...

Grande canalha, pensou JST.

A garota sorriu e saiu rebolando, cantando, agora em alta voz, o enredo da escola de samba: *"O amor nos tempos modernos"*.

Naquele tempo, nem tinha telefone
Mas o amor era sempre pra valer
Ceci amava Peri,
E até a Domitília amava o Imperador!
Salve nossos inventores, salve Edison e Dumont
Que criaram uma nova era
Em que buscamos novo amor...

JST sorriu, observou com malícia os olhares de cumplicidade entre Júlio e a garota. Era melhor nem comentar. Nem os olhares nem a letra do samba. Melhor retomar seu papel de amigo psicanalista.

Jogou a isca:

Você estava falando de seu pai...

Desde criança sabia que um dia eu não teria mais a mãe por perto, ela não duraria para sempre, era preciso aprender a viver a vida sem esse apoio, sem aquelas mãos e sem sua voz para me acalmar e me trazer de volta ao mundo de verdade.

E acha que aprendeu?

Mal sabe ela, onde estiver agora, que sempre vivi entre esses dois mundos, com ou sem febre.

Uma dualidade.

Eu vivi essa dualidade como o boi vive do capim e da água sem se perguntar o porquê.

Seu pai de novo, o boi, o capim... A felicidade parece estar na imagem de seu pai...

E na imagem de minha mãe, o sofrimento...

Ela era a guerreira...

E meu pai o sonhador...

Beleza! – ironizou JST.

Não te parece simples demais?

A simplicidade na expressão denota domínio, liberdade...

Vendo assim, parece que estou tranquilo, sereno...

Seria querer demais...

👤👤👤👤👤👤

Pá pápá–pá pápá!
Tiros?
Na cidade ou nos sonhos?
Uma sequência ritmada de toques no ombro e Olavo pensou que finalmente despertaria de sonho tão absurdo. Ao se virar, viu que saltava de um sonho, não para despertar, mas para cair em outro sonho ainda mais profundo, mais estranho. Um pipocar terrível, paredes estourando o reboco aqui e ali, impactos violentos, intermitentes. E gritos. Na rua, um fusca com as portas abertas e o "Outro Chefe", ensanguentado, furado de balas, as pernas para fora do carro. Mantinha a boca muito aberta, a respiração difícil, o olhar de despedida feroz. E seu corpo se desfazia, como uma fumaça tentando se solidificar. Era preciso falar com ele antes que desaparecesse completamente.
Sou eu, Chefe. Não vá embora!
Tarde demais. O "Outro Chefe" ia mesmo desaparecendo, com seu corpo partido e a roupa manchada de sangue.
Era um velho camarada, devia ter coisas importantes para dizer. E justamente agora, quando eu me sentia pronto para a luta...
O celular insistia, o som repetitivo ecoava pelo universo afora.
Confuso, atendeu o celular. A voz repetia que era preciso estar lá, que o "Homem" o receberia, que abriria os braços, aquele sorriso cativante, o olhar miúdo e carregado pelo brilho do entusiasmo de grande líder.
Então o "Homem" seria outro?
Eu estou aqui! – gritou Olavo, irritado com a insistência da voz.

Um alvoroço incontrolável repentinamente tomou conta de todo o bar. Pessoas e mesas empurradas, garçons desesperados catando garrafas em queda enquanto outras se espatifavam com estardalhaço pelo chão grosseiro de cimento. Um homem, cabelos e barba bem aparados, um sorriso largo, era a única coisa colorida de toda a cena, como o centro de um furacão onde objetos e pessoas, em branco e preto, giravam em torno dele. Só mesmo em sonho: o homem colorido caminhou em direção a Olavo, o olhar fixo em seu espanto. Puxou a cadeira de uma das mesas para que Olavo se sentasse, enquanto ele mesmo se acomodava em outra cadeira. O garçom enchia dois copos deixando a espuma se derramar feito uma cachoeira sem fim, cobrindo a mesa e o chão do bar. O "Homem" ria e, para seu público de operários, contava histórias de greves, lutas vitoriosas e derrotas passageiras. Bebia mais uma e deixava o riso aflorar, com seu gesto típico de baixar a cabeça, dificultando o olhar a quem tentasse decifrar seus pensamentos.

Eu sei que você era comunista, disse ele, num tom grave, íntimo de conversa. E se preparou para pegar em armas enquanto os almofadinhas faziam manifestos. Sei que não deu para você, a repressão chegou antes, mas não se avexe. Tem muita gente boa por aí que já foi comunista, gente dessa guerra doida mas que agora está com a gente, pegando no pesado. Gente que abandonou essa lenga-lenga toda e enfrentou greves, negociações e que agora está comigo nessa briga de cachorro grande...

O "Homem" engasgou com outro pedaço de torresmo, grande demais. Olavo pensava no colesterol.

Ele não teria essa preocupação?

👤 👤 👤 👤 👤

Eu me pergunto muito, me questiono muito. E isso se tornou uma obsessão depois de meus setenta anos.

O amigo bem que se esforçava, ouvindo tudo com interesse, procurando alguma maneira de ajudar. Júlio é que não ajudava muito. Pelo contrário, parecia disposto a embaralhar ainda mais a difícil tarefa do amigo.

Me pergunto até mesmo se perguntar tanto é bom.

É uma autorreferência, observou JST.

Setenta anos é muito?

Depende...

Depende de quê?

Depende só de você, se acha que já viveu demais...

E se eu achasse isso?

Não haveria nada a fazer...

De manhã, ainda acordando, sempre me pergunto se o dia começará bem, se estará frio, se haverá muitos recados em meu celular, se minha caixa de mensagens estará aboletada de mensagens inúteis.

Qual o sentido de inutilidade que você usa? Mensagens podem ser sempre boas...

Ou más.

Não generalize a de hoje, Júlio. Perder a mãe é um fato único em sua vida.

É muito triste.

Você falava das mensagens...

Há muitos tipos de mensagens.

E há o meio. Mac Luhan, provocou JST.
Que já foi para o inferno há muito tempo.
Você não gostava?
Eu? – as mensagens hoje ganharam sim uma relativa autonomia. Significados, significantes...Esse é um papo careca, de estruturalistas.
Eu disse "relativa".
Dá no mesmo...
Vamos discutir filosofia?
Não, eu quero falar de mim mesmo.
Não quer marcar uma sessão em meu consultório?
Deus me livre. Eu não gosto de psicanálise.
E está fazendo o que, agora, comigo?
Batendo um papo com um grande amigo num dia difícil de minha vida.
Você parece alheio ao que se passa lá fora...
Os bandidos?
A guerra...
E o que você queria que eu fizesse?
Que se importasse.

Júlio impôs ao amigo um instante de silêncio. Sentia-se cobrado, isso sempre o incomodava. Apontou então para seu computador, na sala de leitura.

Eu escrevo...
Escreve... sobre a guerra?
Pode ser... mas advirto, não gosto que leiam antes de dar o texto por terminado.

JST se deu por advertido.

Você ganhou. Quer falar de sua mãe?
Estou pensando aqui como está o mundo lá fora...os ataques...
Veja só, por mais que queira isso, você não consegue desligar.

Júlio não respondeu. Levantou-se da poltrona e ligou a TV. A violência se estampou com toda sua força, como uma dose exagerada de realidade, uma overdose. Cenas de tiros, depoimentos, pessoas apavoradas, hospitais recebendo feridos.

Sabia que o amigo JST o observava com seu sorriso irônico, como se perguntasse "é isso que você quer?"

Satisfeito com sua provocação, desligou.

Eu não preciso ver TV para saber como anda o mundo...

Estou mesmo condenado...
    Moreno sabia bem o perigo que representava sua curiosidade. Ora, tentar saber da origem do dinheiro que circulava entre os grandes da marginalidade era pura loucura. Lembrou-se, incomodado, de um compadre seu, por acaso também já falecido. O compadre era Leontino, criado feito escravo numa fazenda do interior de Minas, depois de ter sido abandonado pela mãe numa beira de estrada e achado pela mulher do fazendeiro. Tendo crescido junto com a filha única do casal, chegou à complicada adolescência sem escola, sem saber nada da vida. E um dia fez a pergunta fatal que o fez perder um olho, tamanho foi o soco que levou do padrasto. Viu o padrasto sozinho no paiol, foi chegando, cuidadoso, murmurou que precisava saber uma coisa do "padrinho". O fazendeiro, distraído em cortar palhas de milho para o cigarro, mandou que Leontino despachasse logo a pergunta.
    É sobre a Celene...
    A filha, também adolescente, um ano mais velha do que Leontino. O fazendeiro fez como o Maioral, jogou o corpo para trás, apoiando-se na coluna de madeira. Não podia acreditar no que ouvia e no que pensava que ainda ia ouvir da boca do pobre diabo. E nem poderia jamais adivinhar o tamanho da absurda pergunta que viria em seguida.
    Eu não tenho pai, só tenho o senhor para me ensinar. Eu queria saber do padrinho por que é que sempre que estou com a Celene meu..., meu..., essa coisa aqui de mijar fica durinha, feito um pedaço de pau...
    Moreno se espantou com a lembrança, também ela absurda.
    Pobre do menino, a cegueira de um olho não o impediria de ver, pelo resto da vida, esse mundo tosco com todas as suas injustiças.

Quem é você?, perguntou Olavo, angustiado.

Observava a figura daquele homem baixo, corpulento, que, tendo chegado ao bar na penumbra, se postara de costas para ele. Tossia um pouco ainda, cuspindo pedaços de torresmo. E dava pequenas olhadelas, fazendo girar a cabeça apenas o suficiente para que Olavo percebesse que era observado.

Você me conhece, com certeza!

Olavo tomou coragem, lembrando-se daquela voz.

O Senhor!

O "Homem" silenciou, mantendo-se de costas para Olavo. Era terrível, todos os rostos voltados para ele e ele de costas, o rosto voltado para a rua, silencioso, imóvel, feito uma ameaça.

De repente o homem se virou, encarando Olavo com ar severo.

Você me conhece...

A voz...

Onde mandam muitos, ninguém manda!

O celular tocou repentinamente, interrompendo o que poderia ser o início de um diálogo. A Marseillaise. Olavo inerte, feito uma pedra. O "Homem" esperou que terminasse a música para sair. Ao virar-se, transformava-se repentinamente numa espécie de "buraco negro", consumindo para dentro de si as duas filas de operários que o cercavam. Um helicóptero voou jogando poeira nos companheiros e no quarteirão pobre onde se misturavam portões de fábricas e casas feias, inacabadas. Distraído, Olavo observava outro estranho homem na rua de terra, funcionário público, sem camisa, medindo passos e conferindo o grande cronômetro dependurado no pescoço. Sisudo, as sobrancelhas em "v", o homem fixava em Olavo o olhar severo enquanto agitava a mão esquerda exibindo, ameaçador, um par de algemas. Olavo se desentendia com a mensagem de ameaça.

Eu não deveria estar olhando para ele? Estaria, por acaso, quebrando alguma regra? Mas quais seriam as regras? Como não quebrá-las se não as conhecia?

O boteco ia se esvaziando, quase noite. Olavo observava as feições daqueles operários voltando para suas casas pobres, suas mulheres maltratadas, os filhos problemáticos, revoltados, os vizinhos próximos demais, as vidas devassadas e sem perspectiva. Essa imagem o oprimia, um peso insuportável sobre o peito. E oprimia a obrigação de pensar no que seria melhor para o país.

Onde estariam as ideias, os sonhos?

Buscou em vão a imagem do homem sem camisa a medir ruas e tempos. A rua, que agora parecia deserta, talvez pela hora, se encheu repentinamente de colegiais, crianças uniformizadas, bem-vestidas, bem penteadas, maletas às costas, marchando com desenvoltura embora a passos desencontrados. Eram não liderados, mas seguidos por uma bandinha mambembe e pela bela professora que dançava agitando, nas mãos, uma bandeira transparente, sem cor.

A bandinha caprichava na música revolucionária do celular, "La Marseillaise".

Allons enfants de la Patrie,
Le jour de gloire est arrivé
Contre nous de la tyrannie
L'étendard sanglant est levé...

👤 👤 👤 👤 👤 👤

Apressado pelas ruas, o suor engomando a gravata incômoda, Moreno mais uma vez se incriminava por tanta besteira cometida na vida. Tinha nada que perguntar ao Maioral, tinha nada que falar o apelido do Chefe. Tinha nada que...

Puta que pariu!

A mala pesava mais, com o calor e a suadeira que já marcava o terno inteiro. Mesmo assim ainda mantinha o Maioral no perigoso canto do cérebro onde se cultiva a curiosidade. Tantas vezes tinha ido lá, sabia que o homem era gente grossa, autoridade e empresário...

E o que é que eu tenho com isso, caralho?

Em vão tentava driblar o próprio pensamento, o vírus perigoso da curiosidade.

Isso mata, isso mata!

Lembrava-se de outra história, essa de um amigo já com morada fixa e fria. O Caninana, apelido nascido de sua vida esquiva, seu jeito inesperado de atacar e parecer sempre bravo. Esperto, fugidio e com a pele muito branca estranhamente descascando como cobra. *Sou bravo, mas não tenho veneno*, costumava dizer, tentando desfazer a própria fama. Diziam que, na verdade, o Caninana fora picado por uma dessas cobras que, por não terem veneno, não matam, mas deixam sua marca pela vida afora. A caninana. O homem trabalhava de segurança na casa de um banqueiro, casa tipo quarteirão. Discreto, silencioso, era a garantia da tranquilidade do patrão endinheirado. E por isso mesmo tinha acesso a todos os cantos da casa, gerenciando todo o serviço de segurança com mais cinco pés de chinelo como ele. O patrão era estrangeiro e Caninana não conseguia decifrar a estranha língua que ali se falava, patrão e esposa com o casal de filhos adolescentes. A confiança do estrangeiro era tanta que um dia chamou Caninana para uma conversa no isolamento acústico de um gabinete fora da casa. Uma conversa de poucas palavras e muitos olhares. O patrão parecia perscrutar os pensamentos do empregado, assegurar-se de que estava tudo sob controle, que o segredo estaria ali bem guardado. O segredo era uma pequena caixa. O estrangeiro economizou palavras, mas deixou claro que a caixa tinha enorme valor sentimental para ele e que jamais deveria ser aberta, principalmente por sua mulher. A caixa, pouco maior do que a mão do homem, era ricamente ornamentada. Uma paisagem antiga, moinhos, reprodução de alguma obra de arte. Fechando a caixa, nada mais do que um simples grampo que o patrão exibiu pressionando levemente a tampa, o "plec" preciso, eficiente.

Pobre do Caninana!

Homenzinho humilde, do tipo que parecia querer mostrar, a todo instante, a gratidão pela oportunidade de sair de seu ambiente miserável e viver cercado de tamanho luxo. Mas naquele dia se deixou contaminar pela maldita curiosidade. Mal o rosto bexiguento tocou o travesseiro barato, o insetinho perigoso mostrou suas garras. Maldita caixinha, era impossível dormir. E assim se passaram os dias. Dois, três, uma semana, um mês. A caixinha habitava agora seus pensamentos vinte e quatro horas por dia. Aparecia nos sonhos como um demônio brilhante, tentador. E o pobre homem conseguia acordar no instante final, antes do gesto terrível de abrir o segredo do patrão. Comendo pouco, dormindo mal, emagrecia a olhos vistos, trazendo preocupação para os próprios familiares do patrão. Era preciso dar um jeito naquilo e o jeito era satisfazer a curiosidade, abrir a caixa, ver seu misterioso conteúdo e fechar de novo. Ninguém saberia. Era melhor enfrentar logo o demônio antes que sucumbisse a essa febre maldita. E assim fez, numa noite tranquila, ao final de seu turno de vigia. Deixou na guarita o segurança de sua maior confiança, Toledinho, trazido por ele mesmo de sua terra, a pequena cidade de Marili, interior paranaense, terra de pistoleiros famosos e discretos. Ainda na sua frente, Toledinho experimentou a arma, abrindo o tambor e exibindo, para o olhar atento de Caninana, as cinco balas. Satisfeito, Caninana se afastou, despistando o olhar esguio de Toledinho. E atravessou a cerca viva, colocando-se no trilho que dava para os fundos do casarão. Entrou no gabinete, quase em transe, certificando-se de que não era visto por ninguém. Finalmente cederia à tentação que o matava pouco a pouco. Tomado pela decisão, sentia-se numa grande aventura, um prazer imenso em quebrar regras, penetrar o proibido, desrespeitar ordens. Não queria pensar em nada, apenas agir, entrar no protegido gabinete do patrão, silenciosamente, como sabia bem fazer, profissional do silêncio. Lá dentro, protegido pela noite e pela confiança do patrão estrangeiro, puxaria a gaveta e tomaria a belíssima caixa nas mãos. Foi a última coisa que fez, segundo contou a Moreno o próprio Toledinho, autor dos cinco disparos fatais naquele homem que vira entrar sorrateiramente na casa e que, naquele instante, trazia nas mãos uma pequena caixa ornamentada, ainda fechada.

Atirei, sim, essa era a ordem do próprio Caninana, declarava Toledinho a quem quisesse ouvir, inclusive a polícia. O que havia na caixa, Toledinho não contou. Não sabia ou guardava, ele também, o segredo fatal.

Moreno espantou de sua vida a curiosidade que ameaçava também incomodar seu sono.

O que haveria na caixa?

Segredos são coisas terríveis. Ninguém deveria expor aos outros esses enigmas febris. Podem ser fatais, tiram o indivíduo de seu trilho, mudam destinos, mudam a própria História. Tinha que aprender a escapar dessa serpente. Como em seu caso, o que interessava saber de onde saía o dinheiro? O importante é que existia o pacote, a malinha periodicamente cheia do bem-bom que fazia a alegria de não sabia bem quem. Pois nas mãos do chefe é que não ficava: em sua morada não haveria lugar para isso. Mas para ele, Moreno, nada disso deveria importar. O que importava naquele momento era safar-se de uma encrenca, fruto de sua pouca esperteza e de sua ingenuidade.

Para que perguntar as coisas?

E para que chamar o chefe pelo apelido maldito?

Sem saber por que, uma palavra aflorou de sua boca.

"Pueblo."

Que significado teria?

Tirou do bolso o recorte de jornal, examinou a foto dos jovens na manifestação, enfrentando policiais e bombas. E a bandeira, "*Pueblo unido jamás...*". Claro, falavam de uma guerra. E eram jovens, dezenas de jovens.

Que guerra seria?

Não, não haveria nada a ver com a guerra daqueles dias, o ataque ao governo e aos policiais.

O jornal falava de uma outra cidade, "*ciudad Menendez*".

Onde seria isso?

Apegado ao recorte de jornal, dobrou-o com mais cuidado, guardando-o de novo no bolso.

Algum dia entenderia tudo, se conseguisse um dia mais tranquilo na vida.

E se conseguisse viver até lá.

👤 👤 👤 👤 👤

Quer falar de sua mãe? – insistiu JST, diante do silêncio profundo em que mergulhara seu amigo.

Na verdade eu não sei o que dizer dela, – balbuciou Júlio, a voz cavernosa, vindo do miolo da alma.

Era a solidão que falava ali, ocultando seu domínio com qualquer frase, qualquer palavra. Era preciso dar um tempo ao amigo, não forçar respostas, não apressar nada.

Não se preocupe com isso. Num dia como hoje...

Júlio custou a erguer o olhar, procurando apoio do amigo.

Ela era uma pessoa especial...

A garota surgiu de novo, sob o portal de entrada para a cozinha. JST, mais uma vez, reparou como era bonita e sensual, com a saia curta exibindo pernas bem cuidadas. Júlio a havia chamado de "Berê", redução afetiva de "Berenice". A moça percebia, exibindo um indisfarçável sorriso de vitória sobre aqueles homens tão compostos, cultos, superiores. Mostrava a eles que sabia de seu próprio valor, que vivia bem com seu corpo, seu rosto de menina bonita. Nenhuma crise com a vida, o corpo brindando a juventude, o desejo, a alegria de viver.

Lutando contra o efeito dessa miragem, JST desviou o olhar. Precisava se fixar em Júlio. No entanto, num gesto incontrolável, voltou o olhar para o portal, procurando a imagem que tanto o atraía. Mas a moça já não estava lá. O que viu foi o portal vazio, acentuando a frieza do salão carregado de obras e objetos de arte. Desviando rapidamente o olhar para Júlio, ainda o surpreendeu com um breve sorriso e o final de um aceno de mão, certamente dirigido à moça.

É difícil ir a fundo num ambiente tão carregado de mensagens, murmurou JST, como se falasse mais para si próprio.

Júlio respondeu sem pressa, alheio à causa que poderia ter levado o amigo a essa observação. Também ele se perturbava a cada aparição da jovem Berê. Mantinha sob rígido controle o desejo de largar a companhia do amigo para ir ao encontro da moça. Sua presença mudava tudo, ao ponto de pensar que poderia simplesmente dispensar o amigo. Mas não podia fazer isso. Tanto pelo amigo, que se dispusera, como sempre, a lhe fazer companhia, ajudando-o a buscar saídas de sua crise, quanto por ela. Precisava mesmo conversar com ela, depois de cinco dias de ausência. Mas não podia se precipitar. Manteria o amigo, estenderia essa conversa até o limite, guardando-se para o encontro com Berê.

Pois olha, – respondeu Júlio, se recompondo, – *há momentos em que tudo aqui me parece vivo. Até o cachorrinho vermelho, ali no quadro, com a menininha, parece latir. Mas agora...*

Fale de outras coisas. É uma maneira de aliviar a dor.

Eu falava de mensagens...

Vai em frente. Que mensagens?

Há muitas mensagens que querem aprisionar sua vida em suas lógicas de dominação.

Dominação?

Eu vivo recebendo mensagens falsas de amor pelo e-mail. E até cumprimentos pelo meu aniversário, enviados por pessoas que não conheço, não faço ideia quem são, onde moram, em quem votam, para que time torcem.

Primeiro de dezembro, lembrou JST.

Deus do céu. Não me pergunte o seu que não vou saber.

Eu não faria isso. É um viés profissional.

Vai me cobrar a consulta?

Não tenho tabela de atendimento a domicílio... Você falava de mensagens falsas.

E de dominação. O que será, a não ser dominação, o gesto de um estranho ao se apoderar de meus segredos e se aninhar em minha intimidade? E, já ali dentro, como cobra criada entre filhotes de ratos, apoderar-se de meus mais recônditos segredos, grandezas, inutilidades e patifarias, bens, dinheiro, saberes, pensamentos, desejos, frustrações?

Você tem visto TV?

Filmes. E reportagens ridículas desse "cowboy" urbano de nosso tempo, favelas, policiais corruptos, políticos mais corruptos ainda...

É bom mesmo nem ver os noticiários. Eles sempre repetem tudo muitas vezes, ora porque gostaram muito ora porque odiaram bastante, sempre a mesma coisa, como no caso do desastre de avião. Gostam de falar da morte...

Júlio silenciou por alguns instantes.

A morte... – essa é uma palavra de muitos sentidos...

Novamente um silêncio profundo, o olhar fugidio, escapando à observação profissional de JST.

É, a morte... Mas a morte como caos, como insegurança. Não a morte como a de minha mãe. Minha irmã me disse que ela morreu tranquila, a morte natural de todos nós.

Não é, realmente, o que se cultiva no mundo de hoje. Morrer tornou-se uma obsessão coletiva, explorada pelos meios de comunicação.

Júlio suspirou profundamente, como se quisesse revelar seu desânimo com aquele mundo a que o amigo se referia.

Para eles nós já estamos todos mortos. E consumidores de coisas mortas...

Você já não fala de política, isso não faz falta?

A política?

JST percebeu que atingira um ponto delicado, uma questão que Júlio parecia querer manter esquecida, sob um manto duvidoso de "coisa do passado". Sabia que a política fizera parte de toda a vida adulta do amigo, ex-militante do velho "Partidão", o

Partido Comunista. Mas sabia também que Júlio há algum tempo se recusava a falar desse passado, uma história terminada como um anticlímax, na queda da União Soviética e, como aperitivo dessa derrocada, a queda do Muro de Berlim em 1989.

"Eu estava lá", costumava dizer Júlio, simulando um discutível orgulho de estar sempre no lugar certo, vivenciando a História.

"Mas o muro caiu em nossas cabeças".

Moreno sabia que tinha pouco tempo.

Apesar da tensão em que vivia diante do perigo, e apesar de se incriminar por conta de certas atitudes inconvenientes, não deixava de sentir um certo orgulho por toda essa inconsequência. Nunca se dera valor algum, sempre se considerara um pau-mandado sem vontade própria. Não conseguia entender bem o porquê, mas o certo é que naquele dia resolveu mudar de vida. Sentia-se movido por esse desejo de mudança e aí estaria a explicação para tantos tropeços. A cada instante parecia criar novos perigos para si mesmo, desafiando a sorte, lançando desafios ao rígido esquema da marginalidade. Com esses sentimentos contraditórios, entre a crítica e o orgulho, parecia nunca se esquecer do recorte de jornal que ainda trazia no bolso. O pedaço de papel amassado que, desdobrado, exibia a foto dos estudantes em passeata. A fumaça das bombas, os policiais, a correria. E o cartaz *"Pueblo unido jamás..."*, nas mãos de uma garota protegida pelo rapaz de blusão.

"Pueblo".

Como se acordando de um transe, Moreno agitou a cabeça, tentando se livrar de qualquer ideia que não fosse a salvação. Tinha que se apressar, correr.

As freirinhas que se fu...

Pensou melhor, murmurou um "que me perdoem", com um tom mais elevado do que o indicado para quem fala sozinho na rua, mas necessário para que Deus ou o que for escutasse, despistando-o da leitura da palavra-pensamento que por pouco não escapara de sua fortaleza mal protegida.

Malditas pernas curtas. Já que falara em Deus, por que recebera dele um corpo tão franzino, esses passinhos tão pequeninos que tinha agora de apressar, numa marcha forçada pelo desespero? O suor encharcava sua roupa, tornando a caminhada ainda mais difícil. Protegido pela carroceria de um caminhão estacionado na rua de terra, construía mentalmente sua trajetória, as ações, os álibis. Equacionava os perigos e as possíveis saídas. Não sabia ainda o que fazer com a mulher e os dois filhos pequenos. Se os abandonasse, seriam as primeiras vítimas. Levá-los seria penoso e caro.

E levar para onde?

Esse sim era o maior problema. O perigo de o Chefe os encontrar até no fim do mundo. A curiosidade do pobre Caninana não o abandonava, misturando-se ao rol de problemas e equações que tentava decifrar, programar.

O que haveria dentro da caixa?

Puta que pariu com essa curiosidade!

Algum dia teria que encarar o Toledinho, desvendar esse segredo. Bateu repetidamente a mão na cabeça, como quem varresse dos cabelos o teimoso enxame de moscas da curiosidade.

Puta que pariu, puta que pariu.

Em casa, abriu uma latinha de cerveja, precisava se acalmar. Quem sabe dormir um pouco. O corpo parecia pedir isso, dormir.

Cansado, fechou os olhos tentando escapar de seus próprios pensamentos. E de seu medo.

👤 👤 👤 👤 👤 👤

"Põe meu piloto aí no telefone"
"Pois não, chefe, é o Agulhinha"
"Faz alguma coisa mais, Agulhinha, você sabe. Corta uma orelha, quebra um braço"

Em seu esforço para dificultar a vida do amigo psicanalista, Júlio havia ligado de novo a TV. Um noticiário policial exibia o som grampeado, o "grampo" de uma conversa ao celular entre bandidos.
"Quer que eu desligue, Chefe?"
"Não, eu quero escutar"
Os gritos se sucederam, ruídos terríveis de coisas se quebrando, golpes surdos.
O amigo pediu que desligasse, Júlio ainda manteve a TV ligada por um tempo, como quem quisesse ver também a reação do outro.
Como é que eles conseguem gravar uma coisa dessas?
Eles podem tudo, murmurou JST, com ironia.
Esse país vai acabar...
É o mesmo que dizem em todo o mundo.
Uma unanimidade terrível e idiota...
Essa expressão veio lá do fundo, de longe... – provocou JST.
Júlio desligou, jogando-se no grande sofá, evitando o olhar do amigo, fugindo da provocação que parecia tentar dirigir a conversa para as reminiscências.
Os homens gravam tudo. Devem gravar tudo o que eu falo, o que eu penso, inclusive o que eu penso deles...
Não está exagerando, levado por esse tipo de programa e pela triste notícia de hoje?

Sei lá. Mas repare como eles não se cansam de falar no mesmo assunto, cada qual querendo mostrar que sabe mais do que o outro. E fazem disso como que uma representação de nossa ira, de nosso medo, de nosso desejo.

É uma substituição, observou JST.

É uma boa definição. Eles sentem, por nós, todos os nossos sentimentos, expressam por nós a nossa raiva, nossa curiosidade, nossa coragem, nossa covardia, nossa criatividade.

Nosso medo...

Repetindo sem parar as mesmas tragédias, eles inoculam em nossos próprios ouvidos os gritos de pavor que deveriam sair de nossas próprias bocas. Eles matam por nós, condenam por nós, se emocionam por nós. E até se arriscam por nós, em aventuras, por exemplo.

Eu também sempre achei um absurdo esses tipos pegando cobras, escorpiões, jacarés, confirmou JST.

Mas não pensou por que eles fazem isso.

Tenho outras coisas para pensar na vida. TV só para ver filmes.

Vou te fazer pensar... Muita gente diz "obrigado" por não ter que se arriscar tanto, de se esforçar tanto, subir ladeiras e montanhas tão altas, entrar em zonas de perigo. Preferem ver tudo isso pela TV.

Eu vi outro dia uma reportagem sobre o Rio Amazonas.

Uma repórter, adiantou-se JST.

Um pouco gordinha...

E simpática...

Júlio parecia ter descoberto o fio de narrativa, a revelação de como se sentia no mundo. Sua solidão. A repórter lembrada pelo amigo tinha mesmo muito a ver com a solidão.

Gordinha e simpática. Isso dá mais dramaticidade, ver a moça com aquele peso subindo morros, escalando montanha para tocar e se molhar nas águas da nascente do Rio Amazonas. Já pensou você mesmo ter que fazer isso? Nem pensar. A repórter fez isso por nós, ela é profissional. É preciso ler em sua carteira profissional, repórter, jornalista de TV. Em outras reportagens sobe por nós as montanhas, anda em pântanos perigosos cheios de jacarés e coureiros armados, posta-se por nós diante do fogo no cerrado goiano, atravessa, em frágeis canoas, as enchentes que levam os únicos bens de pessoas miseráveis. E exibe também os choros de crianças e os lamentos dos adultos, a submissão dessa gente aos desígnios divinos. E ela se apieda por nós e por nós exibe a sensação de impotência diante de tragédias, ela nada pode fazer e o faz por nós não fazendo nada, sentimo-nos protegidos assim, vivenciando as tragédias sem ter que participar delas, vendo-nos no topo de montanhas sem esforço algum para escalar aquelas alturas perigosas. Graças a ela, como ali, sob a gelada água da nascente do Rio Amazonas. E então ficamos sabendo que o rio finalmente tem uma nascente... Certamente que sabíamos disso, nenhum rio existe sem nascente. Nada existe antes de nascer.

JST sorriu, com um breve movimento de cabeça.

Júlio não gostou do desdém manifestado pelo amigo.

Posso continuar? Estou precisando falar...

Eu sei, por isso estou aqui.

Não é só por minha mãe...

Mas por ela também...

Sim, talvez a morte dela tenha despertado em mim a vontade de sair de um grande silêncio em que me vejo mergulhado há muito tempo, uma dificuldade de falar do mundo de hoje, do mundo em que vivemos agora.

Quando as perdas são pesadas demais, o organismo se defende com o silêncio.

O silêncio...

Você falava ainda da repórter. Vejo que você a tomou como foco de seus bloqueios.

Bloqueios?

É o que eu disse, bloqueios.

Júlio retomou o fio de sua história, centrada agora na figura da repórter de TV.

O que eu posso dizer é que todos nós vemos esse tipo de repórter tanto com raiva, pela manipulação de emoções, quanto com uma grande e inconfessável gratidão, por tudo que faz por nós, nos transformando em uma pacata e inofensiva audiência, incentivando nossa inércia, nossa terrível apatia. Ela é mais importante do que o rio, do que a montanha, pois ela é nosso sentimento, é nosso olhar e o mundo só existe por ela, por essa dedicação a nos fazer viver já que a vida vai perdendo sentido quanto mais se vive nesse mundo de loucuras.

Loucuras? Você está justamente procurando um novo sentido, Júlio. Pensar em loucuras pode ser um alerta, uma lembrança de que você tem que viver, abrir os olhos, enfrentar os desafios da vida, mesmo num dia de perdas como hoje.

Júlio se mostrava a cada instante mais inquieto, incapaz de ouvir o que dizia o amigo.

Vou religar meu celular.

O medo, novamente, de mais perdas?

Fico pensando o que acontece no mundo e na cidade, agora com essa guerra declarada de bandidos e mocinhos. Eu preferiria que tudo fosse assim, claro, direto, sem subterfúgios.

E você sabe o que exatamente você quer?

👤 👤 👤 👤 👤 👤

Mergulhado naquele mundo estranho, sob um mar de perguntas e preocupações, Olavo não conseguia definir se sonhava, se era tudo real. Perguntas sobre o país, a falta de fé, os ideais abandonados, a injustiça, a miséria, a mentira. Sentia-se pequeno, as pessoas passavam sem preocupação alguma, a professorinha sorria e acenava a bandeira através da qual se podia ver ora o céu estrelado, ora a copa das árvores das quais dezenas de crianças saltavam para o chão, com desenvoltura. Pensava em sua ossatura mole, a sensação de estar desmontando naquelas quedas infantis. Pulsava nas têmporas a lembrança das palavras do médico, as pessoas às vezes quebram os ossos não porque caem, mas caem porque os ossos se quebram. O caminhão de limpeza passava pela rua, dirigindo jatos de água sobre as pessoas. Muitas daquelas pessoas se dissolviam como estátuas de sal, e os sorrisos eram as últimas coisas a se desfazerem, deixando no chão as manchas coloridas que a água empurrava caoticamente de um lado para outro, como se os homens da limpeza não estivessem ali para limpar, mas para se divertir. Olavo se apoiou no balcão ensebado do bar, tinha que se manter de pé, mas tudo parecia inútil. Sentia-se desmontando, lentamente se desfazendo, como uma bola de carne desossada. Numa centelha de consciência, torcia para que tudo aquilo fosse mesmo nada mais que uma metáfora, que seus ossos estivessem perfeitos, fortes como sempre para manterem seu corpo de pé.

O mundo é injusto mesmo. Temos todos que lutar contra essas injustiças, meus irmãos. Quem não luta não vale nada nessa vida. Ninguém deve aceitar nenhuma injustiça, irmãos. O mundo é assim mesmo, quem pode mais sobe nas costas dos mais fracos e vive às custas deles. Quem é fraco nem merece viver, irmãos. Os fracos é que são culpados por tanta injustiça nesse mundo. Vivem nos dizendo que há regras, que é preciso acatar as ordens, fazer o que dizem que devemos fazer. Vivem dizendo que o mundo é assim mesmo, que sempre foi assim e que uns têm de tudo e outros como nós não devemos mesmo ter nada nessa vida. E dizem que teremos outra vida e nessa outra vida aí sim vamos ter de tudo, tudo o que agora queremos nessa vida que Deus nos deu, irmãos. Mas atenção, irmãos, nós queremos tudo isso é agora e nós mesmos é que temos que lutar, apanhar nesse mundo o que nós precisamos para viver e viver bem como todos os irmãos merecem nessa vida. A regra agora é a nossa regra, irmãos. E não tem lugar para os fracos nem para os apavorados e medrosos. O mundo é dos que lutam, dos que têm coragem e que sabem das novas regras. Pois uma coisa eu digo, irmãos, nós temos as nossas regras e elas devem ser obedecidas. E todos aqueles que obedecerem, não sendo nem covardes nem traidores, terão o seu quinhão, a sua parte. E vamos ter de tudo, irmãos! Nossas mulheres vão ter de tudo! E nossos filhos também vão ter de tudo que quiserem, pois juntos nós podemos conquistar tudo isso, a felicidade de nossas famílias. Esse será o mundo novo que nós queremos, irmão! Enfim, o mundo novo que tanto nos prometeram por séculos e séculos poderá ser o nosso mundo novo, conquistado por nós!

O CHEFE

De onde vinha essa voz? Quem falava assim, naquele tom paternal, com tanta intimidade?

Moreno, estranhamente, via-se como num sonho, ele mesmo ali no meio da sala, junto à TV ligada e sem imagem, a chiadeira típica no som. Não se lembrava mais de como chegara em casa, vencido pelo sono e pelo cansaço. Via-se como um duplo de si mesmo, a mesma roupa, o mesmo sapato. Apenas o rosto parecia mais sofrido, as expressões mais marcadas pelo espanto.

Onde está você? – gritou, procurando a origem da perturbadora voz que o atormentava.

Estou em sua própria alma, em sua cabeça, irmão. Inútil me procurar fora de você.

Quem é você?

Moreno percebia em si mesmo o rosto transfigurado pelo medo, seguindo o som desesperado de seu próprio grito, buscando a origem daquela voz que lhe parecia tão conhecida, tão próxima.

Seria do Chefe, o Manqueba?

É um engano seu, Moreno. Aqui não há chefes, não há mando, nem dono. Aqui há irmãos, gente com coragem de lutar.

A voz parecia responder à pergunta do próprio Moreno. E esse estranho diálogo o deixava em grande desconcerto, diante de uma voz sem origem, sem imagem.

Somos todos iguais, injustiçados do mundo, Moreno. O que nos resta é a luta. E na luta não há lugar para os fracos. Cada um deve cumprir o seu papel nessa luta. E ser fiel aos irmãos que o apoiam.

Quem é você? – gritou.

Indiferente ao seu desespero, a voz continuou seu terrível discurso.

Entre nós, Moreno, não há lugar para fracos nem para traidores. Com esses devemos ser firmes e violentos, pois a guerra é sempre violenta.

Uma sombra invadia o chão de sua sala, avançando lentamente em direção ao duplo. Voltando o olhar para o fundo da sala, via-se agora a estranha figura humana, junto à parede, de costas para ele. Vestia uma roupa simples, mas bem cuidada, calças bem passadas, sapatos brilhando. E um casaco escuro que lhe caía bem dos ombros largos, a gola pesada como um suporte para a cabeça, cabeça que se mantinha no escuro e onde brilhava um pequeno brinco de argola prateada. Pensando que poderia ser o Chefe, Moreno tentou inutilmente verificar se havia diferença entre uma perna e a outra do homem. Era impossível, o corpo se mantinha ereto, como uma estátua viva, fazendo um bom uso da penumbra e do facho de luz lateral.

O homem se mantinha ali, em silêncio, o rosto voltado para a parede. Moreno pensou em perguntar quem era ele, se era o Chefe, se era o Manqueba. Mas recuou, lembrando-se da resposta dele antes de entrar na sala.

Aqui não há chefes, nem donos. Há irmãos, só irmãos.

Pensou então em se levantar do sofá e se aproximar do homem. Tentou se mexer e o corpo não o obedecia. Nem pernas, nem braços. Estava paralisado, sem poder sobre o próprio corpo. Desesperado, lutava contra essa terrível constatação de imobilidade. Apenas o olhar se movia. Assim, pôde ver que a cabeça do estranho homem se moveu lentamente, pesada, girando apenas o suficiente para revelar um brevíssimo sorriso no rosto mergulhado na penumbra. Era uma imagem ao mesmo tempo terrível e encantadora. Tudo se compunha, como numa tela de claros e escuros, com a luz lateral que parecia vir de onde surgira o homem. Desta forma, a figura humana se impunha de forma mítica, como um deus terrível, um bloco de sombra rodeado de luz. Moreno tentava, em vão, visualizar o rosto do homem naquele bloco escuro, tenebroso, onde se podia notar apenas o leve sorriso em lábios apenas sugeridos naquela sombra. Não parecia um rosto. Parecia mesmo apenas um espectro tenebroso, inquietante, ameaçador.

Quanto tempo ficaram assim, frente a frente?

Moreno com seu corpo travado, incapaz de se mover, e o homem como um demônio que se satisfazia apenas expondo sua figura terrível. Até desaparecer, sem uma palavra, o sorriso duvidoso cravado feito pedra em seu rosto sombrio, como o prenúncio do horror.

E a sala subitamente se iluminou, como se despertasse de um sonho ruim. A TV agora parecia sintonizada numa reportagem policial. O apresentador trazia na mão esquerda um pequeno gravador que acionou com a outra mão. O sorriso exibia a satisfação de chocar os telespectador com a crua realidade da gravação grampeada dos celulares de um "chefe" e de um seu "irmão".

"Fala, camarada"
"Tá difícil..."
"Não dá pra falar direito?"
"Deram um corte na minha língua"
"Tá bom, mas você tem ou não tem alguma coisa a mais pra me falar, Preto?"
"Tenho não, doutor"
"Não me chama de doutor..."
"Tá bom..."
"Eu acho que você ainda tá escondendo alguma coisa"
"Tô não, senhor"
"Põe meu piloto aí no telefone"
"Pois não, Chefe, é o Agulhinha"
"Faz alguma coisa mais, Agulhinha, você sabe. Corta uma orelha, quebra um braço"

"Quer que eu desligue o grampo?"
"Não, eu quero escutar"
Os gritos se sucederam, ruídos terríveis de coisas se quebrando, golpes surdos.
"Chefe?"
"Ele ainda está vivo?"
"Mais ou menos."
(risos)
"Bota ele no aparelho. Ele está com as duas orelhas?"
"Uma só."
"E a outra?"
"Ele comeu."
(risos)
"E aí, camarada?"
"Patrão, dói demais, eu não sei se vou conseguir falar..."
"Falar o que, companheiro?"
"Eu não sei de mais nada não, patrãozinho, juro pela alma de minha mãe"
"Passa o telefone aí pra alguém".
"O Agulhinha ?"
"Não, esse vai te fazer mal de novo...Chama o Cabrera"
"Sou eu, Chefe, Cabrera"
"Já era, põe fim nesse sofrimento, coitado"
"É pra já. Quer que desligue?"
"Não. Eu quero ouvir"

(SOM DE TIROS, UM SÓ GRITO TERMINAL)

Enrolado sobre si mesmo na poltrona, a latinha derramando cerveja pelo chão, perplexo, Moreno desligou a TV. Em vão tentava apagar da memória a visão terrível, a voz paternal, os preceitos de comportamento e a pregação da violência contra os "fracos" e "traidores". Parecia um recado a ele mesmo. Ainda sem domínio sobre a própria consciência, procurou se movimentar, escapando do sentimento desesperador de imobilidade que acabara de viver. Virou o rosto ansioso para a parede do fundo, em busca do homem que acabara de ver. A figura de costas, o casaco escuro, a gola alta e pesada, o sorriso apenas sugerido. Mas não havia ninguém em sua sala.

Teria sonhado, apesar de tudo parecer tão real?

Deus do céu, pra onde vai esse país? – se perguntou, esquecido momentaneamente de seu próprio comprometimento. Sabia de tudo isso, sabia da frieza dos "chefes" diante de qualquer deslize dos subordinados. Mas nunca tinha escutado uma coisa assim tão assustadora, tão violenta como na reportagem que acabara de assistir.

Corta uma orelha, quebra um braço.

Aquilo doía em Moreno, a certeza terrível de que ele poderia perfeitamente ser uma vítima de mesma crueldade. Encolhido na poltrona, sem saber o que fazer, indagava-se: *seria também capaz de tanta violência?* Havia entrado no mundo do crime meio por acaso, convidado por um amigo, num momento ruim da vida. Verdade que nunca fora, digamos assim, verdadeiramente honesto, era preciso confessar. Desde rapazinho, quando se considerava uma nulidade para tudo, aprendeu a se virar na vida. Ia mal na escola, era péssimo frente às garotas, desajeitado com tudo o que tentava fazer. Mal no futebol da escola, mal com as bolinhas de gude, um desastre nos bailinhos onde seus colegas se divertiam ralando as garotas. Com tanto despreparo ou falta de talento, acabou desenvolvendo um talento inesperado, o de ajudar os amigos nas coisas mal feitas: colar nas provas, roubar frutas em quintais, mentir para proteger os amigos. Tudo em troca de algum benefício. No início, os benefícios eram simples, ingênuos, tipo uma ajuda nas provas, uma garota "arranjada". A coisa foi evoluindo para uma roupa, um tênis da moda, um relógio, até chegar finalmente no essencial, o dinheiro. Daí para o crime, foi um leve passo. Leve, porque por esperteza ou inadequação, o baixinho Moreno nunca se envolvia muito, exercendo sua profissão de forma a mais discreta possível. Circulava pelo crime feito mão invisível, pegando encomendas de um lado e levando para outro sem perguntas, sem curiosidade. Era realmente como um trabalho. Podia parecer absurdo, mas levava a sério essa ideia de trabalho, estipulando até mesmo horários de descanso. Para trabalhar, das oito ao meio-dia, das duas às seis da tarde. Fim de semana, evitava. E quando o fazia, era com visível mau humor, pressionado por algum chefe a quem, como sabia, não podia questionar ou desobedecer. Era um bom funcionário do crime. E por isso mesmo soara tão estranho, para ele mesmo, a súbita decaída para a curiosidade e a ousadia de fazer perguntas ao Maioral. Era incompreensível. Para entender, pensava, só mesmo ligando esse inusitado comportamento ao perigoso dilema que vivia naquele dia. Havia incomodado o Chefe, esse era o problema. O pior é que percebera também que estava sendo silenciosamente descartado pelo próprio Chefe. Terrível. E não via como sair dessa sinuca. Pensou na mulher, Lidiana, dez anos mais velha do que ele, o salário pobre de doméstica, que ajudava bem no final do mês. E os dois filhos pequenos, aboletados no jardim de infância do bairro. Tinha vontade de pensar em Lidiana, reviver momentos bonitos de suas histórias, o encontro doido com ela, o casamento apressado. Lidiana era casada com um pedreiro, Tomé, homem rústico, mulato, de pouca prosa e que, numa ocasião, foi fazer um serviço na casa dos pais adotivos de Moreno. Ergueria um quarto a mais, puxado da parede lateral da casa de pau a pique. O quarto seria, agora, feito de tijolos furados, sinal de progresso da família. Tomé pediu um dinheiro adiantado e entregou a Moreno, para que levasse para a mulher. Pronto, a mulher era Lidiana, morena bonita, carinhosa, que, descontente com Tomé, recebeu Moreno com indisfarçável interesse. Nem é preciso dizer mais nada. Felizmente a rudeza de Tomé era só na aparência. O homem se conformou, deixou a mulher com casa e tudo, mudou até de cidade.

Moreno agitou a cabeça, espantando as reminiscências. Precisava encarar o perigo, achar uma saída.

Como escapar dessa situação?

O Chefe não era como Tomé. O Chefe era violento, capaz de tudo, como todos os chefes. Aquilo mesmo que revelara a reportagem com os grampos telefônicos. Dava arrepios no corpo, só de lembrar. Braços quebrados, orelhas cortadas e até mesmo engolidas. E depois a morte, num julgamento sumário e impiedoso.

Saltou do sofá. Reparou que o móvel era novinho em folha, ele acabara de comprar pelo crediário. Novos também eram a geladeira, o micro-ondas, o ferro de passar a vapor, um aparelho tinindo de DVDs e a própria TV, uma TV plana bem moderna cuja tela acabara de o atemorizar com a reportagem sobre os grampos. *Quanto valeria tudo aquilo agora?* Moreno temia pensar na resposta. Precisava era agir, quem sabe buscar proteção.

Mas quem ousaria me proteger do Manqueba?

A polícia?

Moreno chegou a sorrir diante de tamanha tolice. Entregar-se à polícia em meio a uma guerra como a que viviam seria o mesmo que se matar. Pensou em seus fregueses, gente de prestígio e que o tratava tão bem. Sua clientela, justamente ali do centro da cidade, região urbana de que gostava tão pouco. Gente de todo tipo, artistas, empresários, funcionários públicos. Dois cineastas famosos, uma escritora, três ou quatro jornalistas, um fotógrafo.

O fotógrafo!

Gostou da lembrança, era sempre o mais amigo, o que mais festejava sua chegada com as encomendas. O fotógrafo do décimo nono andar do prédio antigo, no centro da cidade. Olavo. Fotógrafo de mulheres bonitas. Moreno se lembrava de ter visto fotos tiradas por ele em jornais e revistas. E até do próprio fotógrafo na capa de uma revista de moda.

Sim, Olavo é o nome dele, ele não me negará proteção.

Antes de sair, sem saber bem por que, tirou do bolso o recorte de jornal. Andara com ele o dia todo, atraído pela imagem, a foto onde pessoas tão jovens enfrentavam os policiais entre bombas e tiros. "*Pueblo unido jamás...*"

O que significariam, afinal, essas palavras?

Foi assaltado subitamente pelo temor de que aquelas palavras pudessem ser comprometedoras. Afinal mostravam jovens enfrentando policiais... Incriminando-se por tantos erros cometidos naquele dia, expondo-se a perigos terríveis, amassou o recorte para jogar na lixeira da sala.

"*Pueblo unido jamás...*"

Sem coragem de jogar fora o recorte, voltou a guardá-lo no bolso, mesmo amassado.

"Ainda quero saber o que está escrito ali..."

É uma crise. *Mas é do tipo de crise que recusa qualquer ajuda.*

JST tentava, em vão, decifrar o que realmente se passava na cabeça e na vida de seu amigo. Conhecia-o tão bem e, no entanto, sentia-se sempre impotente diante de seus pedidos de ajuda. Ajuda que depois o próprio Júlio recusaria, incapaz de assumir que precisava de alguém para o amparar, para se livrar dos piores ataques de seus demônios, que eram tantos. Uma crise profunda, que exigiria, quem sabe, uma reinvenção do passado, das opções políticas ou da excessiva fé nas ideias que conduziram sua esperança vida afora, para ao final mergulhar em algum pântano sem saída. E nesse terreno, nesse pântano, não se entra. O paciente sabe se defender, erguendo muralhas de ferro ao redor de si mesmo.

Júlio encarou o amigo, como se pudesse ler seus pensamentos.

Sim, meu amigo, sou mesmo difícil de entender. Até mesmo para mim eu sou difícil.

E agora, o que fazer?

Apesar de atemorizado e sem saída, apesar do clima de medo que marcava seus passos, Moreno via que sua vida vinha melhorando nos últimos anos, desde que se integrara ao grupo do Manqueba. Não podia negar isso. Pois mesmo sem o conhecer pessoalmente, – *ou será que o conhecia sem saber?* –, sempre se dera bem com o Chefe, que parecia gostar de seu jeito discreto e eficiente. Isso valia ouro na contravenção. E Moreno havia conseguido um privilégio difícil nesse tipo de serviço marcado pela subserviência: ficar fora de toda violência, vingança, justiçamento. Se isso fosse preciso, que o Chefe mandasse outra pessoa... Como tinha um jeito de pacato funcionário, foi aceito. Aceito, mantinha-se confortavelmente nessa transação de pastas com dinheiro, cheques, visitas a políticos e empresários, entregas de pacotinhos de droga. Com isso vivera em paz, um trabalho sem muita competição. Até esse dia maldito em que toda sua vida parecia de pernas para o ar, não sabia por quê. O diabo era o erro fatal que cometera. Aliás a série de erros, a começar pela citação do apelido do Chefe e a idiotice das perguntas ao Maioral. Erros que exibiam para si mesmo a face cruel desse mundo de que fazia parte, os comprometimentos terríveis. Moreno vislumbrava, finalmente, o horror em sua vida.

Finalmente o horror.

E agora?

Abandonar a casa?

Olhou para os móveis novos, a TV, o DVD, o computador, o som, aparelhos de última geração. *De que serviria tudo aquilo agora? Vender? – nem pela metade, nem por um terço do preço que pagou conseguiria vender.* Olhou para dentro de si mesmo, pensou em todos os anos de luta, trabalho, perigos.

Puta que pariu, não sobra nada.

Tinha consigo o pacote de dinheiro, a maleta do Maioral. Muita grana. Se distribuísse como mandara o Chefe, não sobraria quase nada. E ainda por cima teria que repartir o seu com as freirinhas que cuidavam do filho do Chefe.

Filho que nada. O maldito Manqueba deve estar zombando de mim, o filho da puta.

Abriu a mala, as pernas tremiam descontroladas. Arriscado demais, tentação demais, dinheiro demais.

Guardando apenas as comissões que ganhava, quando é que poderia juntar tanto dinheiro?

Nunca.

Estava decidido a enfrentar essa dura batalha. Primeiro uma batalha contra si próprio, contra o medo que chegava a dificultar a própria respiração, como se um peso enorme esmagasse o peito, obrigando o coração a bater descompassado, surdo, prensado. Depois, contra a própria razão, que insistia em dizer que tudo seria inútil, que o Chefe o encontraria até no fim do mundo e o liquidaria como liquidaram o pobre diabo da reportagem que vira na TV, os diálogos grampeados pela polícia.

Mas tinha que tentar.

Não aceitava ficar ali, inerte, esperando que o buscassem. Lembrava-se de um seu primo distante, Adamastor, morto com dezoito anos, no mesmo dia em que fora flagrado violentando uma sobrinha do prefeito de sua cidade. Um menino, de estilingue nas mãos, deu de cara com a cena, no meio do mato. O menino ficou ali, perplexo com o que via, o estilingue armado na mão como quem se preparava para atirar em algum pássaro. Adamastor o encarava, também ele sem saber o que fazer, tentando ocultar a garota com seu próprio corpo. Assim ficaram segundos que pareceram séculos, até que o menino mediu, antes de Adamastor, o peso daquela descoberta e o perigo que corria. E fugiu, um segundo antes que Adamastor resolvesse que teria que matar também o menino. Tarde demais. Atormentado, atrapalhado com as calças lhe prendendo os passos, correu inutilmente pela mata atrás de seu previsível delator. Sozinho, desesperançado, foi bater em sua própria casa, onde entrou simulando tranquilidade, trancando-se em seu quarto de solteiro. Ficou ali até ser retirado, levado já aos trancos pela rua. E estraçalhado pela fúria da multidão.

A lembrança, antes de atemorizar ainda mais, firmou em Moreno a decisão de fugir. E fugir sem perda de tempo. Não ficaria ali nem mais um minuto, não seria um Adamastor na vida. Sairia de casa com a maleta e, fora do perigo, pensaria depois no que fazer com a mulher e os dois filhos pequenos.

*Aux armes citoyens,
Formez vos bataillons.
Marchons! Marchons!*

E a voz insistia:
Você pode!
Posso?
Você pode!
Posso o quê? – insistiu Olavo.
Apagar a luz que fere meu olhos e sonhos?
Abriu os olhos, tinha dúvidas se a vida agora seria melhor do que no sonho. Para se certificar de que estava vivo, de ossatura rígida como em toda sua vida, tentou se colocar de pé. Temia se desmanchar como o pacote de macarrão do sonho.
Osteoporose!
É uma metáfora, só pode ser, uma metáfora sobre minha decadência. Temia que não, que o sonho refletisse mesmo seus ossos moles, o perigo real de se quebrarem. Mas insistia, como se a insistência pudesse mudar o mundo.
Meu sonho é uma metáfora! – repetia, na vã esperança de que seu desejo se realizasse. Pois preferia mesmo a decadência, a falta de futuro, à falência de seus ossos.
Uma metáfora, é uma metáfora!
Fazia o grito ecoar pelas paredes sujas do bar, na tentativa de escapar do desmoronamento de seu corpo. Desesperado, camba-

leante, apoiando-se nos móveis com medo da queda, caminhou, lento, inseguro, procurando o interruptor para apagar a maldita luz que feria seus olhos.

Ah, falta de algum bom remédio! E bem sabia da inutilidade de qualquer busca, vasculhar gavetas, procurar em lugares secretos. Nada encontraria.

Maldito entregador, "noia", "avião", maldito Moreno que não chega!

Moreno caminhava pelas ruas de seu bairro como quem atravessasse um pântano tomado por jacarés e cobras venenosas. Impossível se tranquilizar. Estava, isso sim, condenado por quebrar as regras da marginalidade e por desafiar seu próprio chefe. Eram duas horas da tarde, teria até as cinco para isso, quando duas coisas deveriam, em dias normais, acontecer simultaneamente. A primeira seria a chegada de sua mulher Lidiana com os dois meninos. A outra deveria ser a entrega da maleta para Eneida, a mensageira do Chefe. Estava decidido que não haveria nenhuma dessas situações. Não levaria o dinheiro para Eneida, não levaria nada para as freirinhas do filho de Manqueba. E Lidiana não chegaria, como de costume, às cinco horas da tarde com as crianças. Até lá teria uma solução pronta e trataria de se encontrar com eles antes que voltassem para a casa. Haveria de alcançar essa solução, encontrar um abrigo, alguma proteção. Ou, quem sabe, um plano urgente de fuga, tomar um avião, um trem, um ônibus, dar um rumo novo para sua vida e sua família, amparado nos trezentos mil reais que carregaria consigo bem apertado ao peito.

Duzentos e noventa e nove mil e novecentos reais mais cem reais dados pelo Maioral..., pensou, divertindo-se apesar da gravidade de tudo.

Decidiu que guardaria o dinheiro com alguém de confiança.
Mas quem?
Lembrou-se da igreja do bairro, *quem sabe o Pastor...*
Que origem tem esse dinheiro, meu filho?
Eu não posso dizer, Pastor.

Hum...

Mas é dinheiro bom, eu garanto ao senhor...

Todo dinheiro é bom...

E eu posso doar o dízimo para a Igreja...

Se for alguma coisa grave, alguma contravenção, não me envolva nisso...

Pastor, é um dinheiro que acumulei em toda minha vida. E agora me sinto ameaçado.

Ameaçado?

O senhor deve ter ouvido falar das ameaças por celular...

Claro...

Pois recebi um telefonema assim. O bandido deixou claro que sabia desse meu dinheiro depositado num banco e exigia que eu o transferisse para outra conta, a conta de um laranja...

Deus do céu...

Eu tentei conversar, mas ele disse que me daria três horas para isso. E que ele tinha, lá no Banco Central, um comparsa que já estava monitorando minha conta, impedindo que eu transferisse o dinheiro para qualquer outra conta que não fosse a que ele me passava, conta 4...

Não precisa dizer, atalhou o espantado Pastor.

Então o jeito foi sacar o dinheiro, para fugir do controle do bandido...

O Pastor o ouvia perplexo, tomado pela gravidade das revelações daquele irmão baixinho e tão bem-apessoado.

Que história, irmão, que história! – Isso parece tão fora da realidade... Um comparsa no Banco Central?

Eles estão por toda a parte, respondeu Moreno, dando à fala um tom dramático e quase sussurrado, procurando a cumplicidade do Pastor. O Pastor exibia um sorriso nervoso, tão incrédulo quanto perturbado pela história inventada por Moreno. Sabia de tantas histórias, muitos de seus fiéis lhe confidenciavam fatos terríveis de violência, medos, mortes trágicas de filhos, maridos envolvidos na contravenção, no jogo, nas drogas. Cristo, se voltasse à Terra, ainda teria muito a fazer. Achava a história um tanto inverossímil, mas *quem sabe? – o que não acontece nesse mundo de Deus...* De qualquer forma, não conseguiria recusar ajuda a um homem que parecia desesperado. E nem recusar o dízimo oferecido pelo homenzinho.

Dez por cento?

Trinta mil reais era um bom dinheiro, ainda mais ali, numa região tão pobre onde o máximo que conseguia arrancar dos fiéis eram os cinquenta, cem reais que ele mesmo não sabia como as pessoas conseguiam separar de seus reduzidos, muitas vezes ridículos, salários. Por isso sabia que, ao final, acabaria cedendo e diria que aceitaria a proposta *em nome de Jesus.*

Incomodado com a demorada decisão do Pastor, Moreno se perguntava se havia exagerado, se a história não teria sido inverossímil demais a ponto de tirar o Pastor da jogada. Pois o que pretendia, para ganhar tempo, era uma guarida ali na igreja pentecostal de seu bairro, para si e para a mulher com os filhos, enquanto procurava alguma solução definitiva. E, para isso, estava disposto a pagar o seu dízimo.

Eu disse trinta? Vinte...

O Pastor esperava a decisão difícil de Moreno. Era sempre assim, uma negociação. Cada crente devia pesar o custo da proteção divina, pagar o que julgasse justo.

Digamos, quinze mil..., arriscou o Pastor.

Dez mil, arrematou Moreno, a voz decidida. O Pastor não recusaria tal proposta, ainda mais se estivesse convencido do risco e da inocência de Moreno.

E dez mil é um bom dinheiro...

O Pastor examinou-lhe as expressões faciais, pesou as informações, reexaminou mentalmente a história fantasiosa. Comparou o que ouvira com as histórias loucas do cotidiano violento da cidade e estava decidido a concordar quando se deu o gesto inesperado de Moreno. Um gesto repentino de ocultar-se atrás do corpo do próprio Pastor e, com uma agilidade incomum, pular para dentro de uma sala vazia por onde poderia escapar pela janela. Era incrível, mas o homem que Moreno vira entrar, enquanto esperava a decisão do Pastor, era Deodato, o marido de Eneida, o anjo da guarda de Manqueba. Se, em sua profissão de intermediário, Moreno sabia que devia temer os chefes, sabia que mais do que tudo era preciso temer Deodato, o *Demônio Negro*, como o chamavam no mundo do crime.

Júlio agradeceu ao amigo psicanalista. Agora tinha que enfrentar, sozinho, o sofrimento. E tocar a vida. Não conseguiria se livrar de tantas perguntas e reflexões, sabia que lá fora a vida castigava as pessoas, – e em sua casa o calor o sufocava, talvez alimentado por tantas ondas de pensamento. Lembrou-se do ar-condicionado, que nunca usava, também comprado a prestações, não saberia dizer por quê, – quem sabe para garantir compromissos por algum tempo de um futuro tão vazio. Não gostava de ar-condicionado, mas comprou. E essa era uma lembrança que tinha o dom de questionar seu eterno exagero, a demagogia de comprar coisas baratas e inúteis numa loja popular. O mal-estar do dia nada tinha a ver com esse erro, nem com o calor ou frio, nem com as duvidosas prestações, aliás, tantas que, uma a uma, iam comendo perigosamente suas reservas financeiras com as quais pensava viver até o fim da vida. Era um jogo perigoso, ele percebia agora. Já não era criança e de alguns anos para cá dera para fazer a lamentável contagem regressiva.

Quantos anos faltariam para a..., digamos, para o fim?

Lembrava-se do *socialite* carioca famoso que, milionário até os sessenta anos, se desfez de tudo para viver do dinheiro acumulado até o final da vida e viu depois que errara no cálculo, vivendo quase dez anos a mais do que previra. Nesses dez anos de sobrevida, envergonhado, viveu à custa de amigos que, no dizer da canção popular, "outrora sustentou". Dez anos que poderiam ser de alegria foram vividos com amargura e humilhação: o ex-milionário se via incapaz de usufruir com alegria os preciosos anos que a Morte lhe concedia.

Júlio sabia que o erro seria fatal. E nada o livraria do vexame de viver à custa de alguém, de um parente, de um amigo. O mundo é cruel, aliado da Morte. Quando ela anuncia que vem, o mundo todo se enrola sobre sua própria malignidade e trata de fazer com que o eleito sofra bastante até o fim, quem sabe pensando que assim o sofrimento se concentrasse apenas naqueles que se iam, deixando ilesos os que ainda viverão, até que também fossem chamados. Mas esse pressentimento também nada tinha a ver com essa possibilidade de erro, nem com o ter, naquela noite, revirado lençóis, colchas, cobertores, derrubado travesseiros pelo chão, tomado pela selvageria de seu corpo. Não sabia dizer se seu corpo agia assim de moto próprio ou se induzido àquela absurda inquietação, a ingerência de seu espírito, inconformado por ter se incorporado em corpo tão ruim.

Da cozinha chegava o murmúrio festivo de Berê, capaz de envolver os ouvintes como um canto de sereia. Era assim, como uma encantadora sereia que a vira pela primeira vez, desfilando pela Escola da Vila. Mesmo inebriado por essa presença, Júlio tentava ainda se concentrar na conversa com o amigo. Levara a sério toda a conversa, as indagações, mas só ele sabia do esforço para se manter alheio a esse chamado de Berê...

DEODATO

Moreno estava certo. O homem que acabava de entrar no grande salão da igreja era mesmo Deodato, o *"Demônio Negro"*. Alto, elegante, impecavelmente trajado de preto, Deodato havia sido funcionário público de carreira, porteiro de uma repartição pública. Um sujeito pacato, recatado, solícito, de vida absolutamente regrada, querido por todos, tomado como exemplo de bom funcionário e chefe de família. A família, na verdade, era bem pequena: a mulher, Eneida, e um filho, adotado ainda bebê, já que a mulher não conseguia engravidar. E, com eles, a mãe de Eneida, a velhinha Leontina, sempre na cadeira de rodas. Eneida, que diziam ser branca, era um mistério na repartição. Ninguém da repartição a conhecia, ninguém jamais a vira. Questionado pelos amigos, Deodato deixava bem claro a razão: *ciúme*, dizia ele, encarando o questionador olho no olho, a expressão amigável mas firme de que o assunto terminava ali. Mas Moreno sabia que tudo isso era uma história do passado. Hoje, por trás da honesta imagem de Deodato e de seu alegado ciúme, ocultava-se toda uma trama de crimes na zona leste da capital. Tudo acobertado pela imagem pessoal de Deodato, construída com muita consciência e zelo no funcionalismo público por mais de trinta anos. Aposentado, Deodato tinha que preencher seu tempo com alguma atividade que, além de tudo, pudesse engordar um pouco a parca aposentadoria conseguida. E começou com uma primeira e pequena contravenção que, de tão comum e aberta, nem era vista como tal: a criação de galos de briga, "esporte" de que gostava desde criança, frequentando algumas das inúmeras "rinhas" as arenas para briga de galos existentes em seu bairro. Diversão sangrenta sempre prestigiada por gente fina, empresários, altos funcionários e até mesmo por policiais. E até por um padre católico, o gordo e engraçado Frei Nonato, o mesmo que havia batizado e crismado Deodato. Na verdade, retomar a paixão, agora como trabalho, criando seus próprios galos de briga, apostando em suas aves, perdendo, ganhando, acabou servindo como a porta de entrada para outras contravenções. De início crimes leves, como os que o próprio Moreno praticava. Conhecidos nas sessões matinais de domingo na "rinha" de sua própria rua, a famosa Rua 6, "amigos" novos começaram a se interessar por aquela aparência pacata e confiável do velho funcionário. E as oportunidades de novas rendas foram surgindo quase que naturalmente, como continuidade da primeira contravenção. Aproveitando-se do largo conhecimento do velho funcionário na área da administração pública, – e seu prestígio sem manchas, vários grupos de atividades criminosas aprenderam a usar, – e pagar bem os serviços de Deodato: intermediação de propinas, desvio de verbas, contratação de advogados, caixinhas para policiais, corrupção de funcionários e de políticos. O casal era perfeito. Ele, pacato cidadão. Ela, Eneida, a tranquila e bonita dona de casa. E a mãe de Eneida, a velha Leontina, silenciosa, presa à cadeira de rodas, ajudando a criar o contorno de uma família comum em qualquer bairro paulistano, em qualquer parte do mundo. Completando a família, o filho adotivo, Luiz, estudante de administração, "uma joia de menino", no dizer de Deodato, que nutria uma verdadeira adoração pelo filho. E para ele planejara um futuro luminoso, como uma superação da falta de oportunidades e de cultura de si próprio.

Mas uma tragédia revirou sua vida de forma dramática.

A chamada *"terça-feira sangrenta"*, ou *"a chacina da Rua 6"*, no dizer dos jornais da região. Num dia em que saíra para um encontro com amigos, bandidos entraram em sua casa como uma horda de destruição. De início quebraram as gaiolas, libertando os preciosos galos de briga, matando vários deles. Violentaram Eneida forçando o filho de dezoito anos a assistir à sucessão de bandidos em gozo sobre o corpo entregue da mãe. Depois, o assassinaram, com uma saraivada de tiros partidos de todas as armas dos cinco bandidos. Deodato, que até aquele momento, tal como Moreno, imaginava poder viver numa área considerada limpa da contravenção, sem mortes, sem drogas, mudou completamente seu estilo e deixou que o desejo de vingança tomasse sua vida por completo. Comprou suas armas pessoais, treinou tiro ao alvo em academias de polícia, preparou-se psicologicamente para uma nova vida, mergulhada na violência. Tudo isso enquanto pesquisava, pacientemente, a identidade de todos os cinco homens que haviam invadido sua casa, violentado sua mulher e assassinado seu único filho. As mortes dos suspeitos se sucederam numa estranha e calculada precisão de tempo. Uma morte por semana, sempre às terças-feiras, para que aquele dia se fixasse no imaginário popular como o dia do terror. Metódico, Deodato dedicava a cada bandido uma terça-feira exclusiva. Primeiro foi *Pardinho*, motoboy, assassinado numa rua deserta. Ainda vivo, fora arrastado por quilômetros, o corpo amarrado à própria moto na escuridão urbana. *Merenga*, o empregado da lotérica São João, onde Deodato costumava fazer semanalmente sua fezinha, seria apanhado uma semana depois, também na rua, junto com a namorada – e esta estuprada sob o olhar desesperado do bandido antes do estertor e da morte pelo doloroso corte na garganta. *Alanis*, o mais velho, quem diria, barbeiro do próprio Deodato, foi morto na terceira semana, com requintes terríveis de crueldade, centenas de cortes de navalha por todo o corpo e o sexo cortado enfiado no próprio ânus do infeliz. Em seguida um adolescente, *Titanzinho*, sufocado dentro de um saco plástico.

O último, morto na quinta terça-feira de vingança, foi o policial *Silas*, morador de seu bairro. Silas não deu o trabalho que Deodato esperava. O bairro estava tomado pelo terror da sequência de mortes e Silas saberia, por certo, quem seria o autor. No entanto, talvez imaginando que Deodato não desconfiasse dele, manteve a calma. Era um policial, Deodato não ousaria, temeroso de uma costumeira vingança corporativa. Imaginando isso, Deodato foi ardiloso. Era preciso que o próprio canalha preparasse sua cova, caísse em sua própria armadilha. Para isso, mandou a Silas, na quinta-feira, um bilhete escrito meticulosamente à mão, como só Deodato sabia, a caligrafia perfeita de um velho funcionário público. No bilhete, a informação de que ele, Deodato, sabia da participação do policial na invasão de sua casa. *Mas*, emendava, *sabia também que o policial nada tinha a ver com a violência contra Eneida e nem com a morte de meu filho. Era uma certeza*, seguia o bilhete, *adquirida pela confissão dos quatro marginais que, por obra de alguns benfeitores anônimos, apareceram mortos nas últimas quatro semanas. E por isso, considero que sua participação teria sido sem intenções malignas.* E dava consistência à sua visão dos fatos, informando que um dos mortos, o barbeiro Alanis, antes de morrer, garantiu que o policial nada tinha a ver com as mortes. Estava lá tentando impedir a invasão da casa. E terminava chamando o policial para uma relação cordial. E para que toda essa história ficasse encerrada, gostaria de uma palavra com ele, *a sós, em local protegido, no dia seguinte,* justamente uma terça-feira. O encontro serviria para que o policial passasse a ele, Deodato, a única informação que não conseguira dos indigitados assassinados nas quatro semanas passadas até ali, desde o início desses estranhos crimes que aterrorizavam a região: o porquê. *Precisava, enfim, saber por que invadiram minha casa, por que violentaram minha mulher, por que mataram meu único filho.*

    O policial Silas vivia em clima de crescente pavor. Já não dormia em casa e evitava caminhar pelo bairro, mantendo até mesmo um segurança particular em sua casa. Viu no bilhete uma chance de jogar tudo aquilo para o passado. *Pois que outra solução haveria? Pedir proteção aos seus próprios amigos? Sob que justificativa? E o perigo de que um pedido desses acabasse revelando sua participação na hedionda "terça-feira sangrenta", o "crime da Rua 6", como a imprensa noticiara, tomando por empréstimo o nome da rua da casa de Deodato?* Era melhor agarrar a oportunidade que Deodato lhe oferecia. Mas não seria tolo, levaria consigo seu próprio segurança, o policial Menezes, aposentado da guarda civil, que cuidava de sua casa dia e noite. O segurança ficaria no carro, abaixado, oculto, pronto para agir se o encontro se revelasse uma cilada.

Era o que Deodato esperava. Sem o policial e sem o segurança, a casa de sua quinta vítima estaria à disposição para o último e exemplar ato de vingança. E não seria ele, Deodato, o executor, pois estaria mesmo, pessoalmente, no encontro cordial com o policial Silas. Enquanto isso cinco homens seus, trazidos de longe, fariam na casa do policial uma verdadeira reconstituição, com toda a violência que conseguissem, da invasão de sua própria casa, na Rua 6.

Depois o destino cuidaria de Silas.

O policial acabou realmente morto no confronto com os cinco contratados por Deodato. Os bandidos ocultaram-se no próprio quarto de Silas e esperaram a chegada do policial. Ao espanto terrível sucederam-se as dezenas de estampidos, as balas que perfuravam o corpo do policial. Ferido de morte, teve pouco tempo para reagir, já agonizando, ao que encontrara: a mulher, os dois filhos pequenos e até o cachorro pitbull estrangulados e amontoados sobre a cama do casal. Pela avaliação da perícia, deveriam ser cinco os marginais. E Deodato, esperto, fez circular a versão que se tornou oficial: de novo os cinco bandidos agiam, os mesmos que teriam invadido sua própria casa, da famosa Rua 6. Livre, assim, de qualquer suspeita, Deodato rearticulou sua vida como um pacato cidadão. Reanimou a destruída Eneida, sua esposa, e passou a se dedicar a outro *hobby* que o atraía desde criança e sem os inconvenientes das rinhas de galo: criar passarinhos. E, com os passarinhos, simular uma atividade capaz de justificar o aumento de sua renda como pacato funcionário aposentado. A família, tristemente famosa, ganhou novo status, a exemplaridade de um cidadão que soubera saltar sobre sua própria tragédia, livrar-se dos pecados e do sofrimento. Uma família reconhecida e feliz, um novo alento ao bairro e à Rua 6. Mas por trás dessa bela fotografia, conservada com zelo, Deodato cultivava a violência com que fora contaminado irremediavelmente após a morte de seu filho único. E o gosto de sangue experimentado nos atos de vingança: as ligações perigosas com o crime, drogas, corrupção, assassinatos por encomenda, vinganças cruéis. Coisas que já eram do conhecimento de alguns poucos e desconfiança de muitos. Desconfiança que não evoluía para nenhuma denúncia, pelo medo que a família inteira inoculava em toda a região.

O esquema era simples, centrado na figura de Deodato. Ele é que tinha os contatos com os chefões do crime e repartia com a mulher as tarefas que lhe cabiam. Matar era com ele. Receber era com a mulher que, além dessa tarefa, ainda se "empregara" como intermediária de vários bandos, no trânsito de dinheiro. Um desses chefes era justamente o Manqueba. Corroborando as explícitas justificativas de Deodato para que a mulher não trabalhasse – o ciúme –, Eneida saía de casa sempre com a mãe, empurrando a cadeira de rodas. E era justamente na cadeira de rodas que acabavam sendo ocultadas as maletas cheias de dinheiro e, quase sempre, os pacotinhos de droga.

JONAS E A BALEIA

A morte é, sem dúvida, o ícone maior de nosso tempo. Pelo menos desde Cristo. Um ícone que tanto mais crescia quanto maiores fossem as dificuldades humanas, a falta de saídas em nossas crises. De Cristo, o mais importante para a humanidade é sua morte. Também para Guevara, para Getúlio, Tancredo, para Joana D´Arc, para Kennedy, Luther King. E agora, para essa guerra sem face que domina as cidades. Os noticiários gastam metade de seus tempos nos entretendo com a busca dessa imagem, a imagem da morte, mesmo sabendo que é uma busca inútil. É uma agonia longa e sem fim, como buscar o pote de ouro nas pontas do arco-íris. Fazemos como a câmera ao filmar o desastre de avião, capaz de acompanhar seu longo trajeto na pista mas incapaz de registrar sua explosão. A morte é esta imagem ausente. Está lá, onde a buscamos, deixa seu rastro de dor e medo, mas afasta-se de nós sempre que a procuramos como imagem, como ser. O horror parece se instalar insidiosamente nas sociedades, nas consciências. O medo. Do miolo oculto da humanidade saltam valores inesperados, selvagerias que julgávamos soterradas pelo tempo e por tantas lutas. Dali surgem também os mistérios, códigos e valores novos na política e na marginalidade, como se daquele desconhecido é que deveriam sair os mais novos desafios ao entendimento. Nós nos sentimos incapazes de rever nossas teorias, nossas visões já incrustadas em nossos ossos como verdadeiros DNAs da cultura universal ou de sua história. O horror. Resta-nos pouco mais que compreender a lição de Jonas, engolido por sua baleia. O infortúnio o fez aprender de novo a viver, tendo, como parceira, sua própria solidão. E seus gritos. Gritos que emitia não por sofrimento, mas justamente para que os pudesse ouvir depois, retornados como ecos, testemunhas de que ainda vivia, mesmo que num ventre de baleia. Desta forma Jonas afirmava a si mesmo e ao Destino que era capaz de gestos, de ações. Que era capaz de mudar o mundo, nem que fosse aquele mundo tão particular em que se via confinado.

О dia havia mesmo começado mal para Júlio. Tivera uma noite de sonhos perturbadores, acordou com uma inquietação sem sentido, a solidão que o sufocava. Logo ao se levantar, viu que precisava de alguém, um amigo, uma companhia. Decidiu que chamaria o amigo JST. Acionou as teclas do celular e sentiu ainda mais dolorosa sua solidão: nenhuma chamada, nenhuma mensagem. Havia se trancado em casa, tentando fugir de tudo, dos amigos, da violência, da guerra, do cotidiano. *O cotidiano urbano é uma espécie de rio fluente e igual, que corre sempre ao nosso lado quando deveríamos estar dentro dele.* Era onde Júlio não conseguia nunca estar, por mais que saltasse sobre ele, tentasse agarrá-lo com as mãos. Fez de tudo, comendo pastéis em feiras, bolinhos necrosados em botecos sujos, andando a pé pelas ruas tomadas por sem-tetos, arriscando um jogo de futebol, ligando a nauseante TV. Contrariando seus princípios, deu esmolas, pensando que aquelas moedas que depositava nas mãos dos infelizes poderiam levar também parte de si, pedaços de sua própria pele, de seu suor, de seu DNA e também parte de sua teimosia pela vida afora. Havia passado a vida querendo se diferenciar. E seu desejo de se diferenciar tomou sua vida por inteiro, engolindo-o como o gole imenso e surpreendente da baleia que engoliu Jonas, obrigando-o a uma vida isolada e única.

O infortúnio fez Jonas aprender de novo a viver, tendo, como parceira, sua própria solidão. Esse o contraditório poema vital. Ser Jonas numa baleia global ou desistir, já que o corpo estranhava os coletivos, apesar de toda utopia coletivista. *É preciso encontrar uma saída, qualquer que seja a saída.* Eterno viajante de corpo e alma, sabia que sua própria vida estava sempre por um fio. E que muitas vezes viver não valia nada, como se via agora, a nudez de uma guerra urbana, inusitada, entre bandidos e policiais, entre marginalidade e governo. Quando tudo acabasse, a cidade recuperasse seu silêncio, mídia e governo contabilizariam os estragos e ninguém ousaria reativar tão melindroso assunto. Ônibus queimados, lojas saqueadas, quebra nos negócios pela ausência de gente nas ruas, nada disso pareceria preocupar as pessoas e nem ocupar as páginas dos jornais. *A humanidade não se deixa aprisionar por problemas que não consegue resolver.* Comparados com a verdadeira farra da Morte naqueles dias, os prejuízos materiais seriam desprezíveis. O terror recuaria para seus subterrâneos e celas de presídios, com seus chefes misteriosos e sem rosto. E a sociedade silenciaria, como se o silêncio apagasse de sua memória a complexidade de nossos sentimentos naqueles instantes de medo e de insegurança. Na verdade, sabiam todos, o silêncio simularia uma paz na cidade e em cada um de nós. *Quantas mortes ficariam para trás, nesse silêncio?* E a vida deveria seguir seu rumo nas cidades, nos países, no mundo, repetindo erros, acumulando perguntas, mentiras e medos. *Aqueles dias de guerra seriam vistos depois, por nós, da mesma forma que vimos a tragédia do avião desgovernado no aeroporto paulista. Vimos, pela TV, o avião atravessando a pista, percorrendo a pista de pouso-"acelerado demais", como repetiam os atônitos apresentadores. Como um bólido incontrolável, o vimos varrendo a tela da direita para a esquerda, rumo à tragédia. Dezenas de vezes em todos os noticiários, nas chamadas especiais, a louca aeronave percorrendo a pista rumo à sua destruição. E, ao final, sempre a mesma imagem ausente, a câmera incapaz de flagrar o instante em que o avião, mal saindo do enquadramento limite da câmera, explodiria, matando quase duzentas pessoas. Temos ali a imagem do risco, da ameaça, do medo, mas não a imagem da explosão, da morte. Tal como ali, estamos agora aprisionados em nossas casas, ouvimos os tiros, assistimos os noticiários e jamais saberemos quem atirou, quem ordenou. Num mundo sufocado de imagens, na verdade vivemos o tempo da imagem ausente.*

Com a porta já semiaberta, pronto para sair, JST observava o amigo mergulhado em seu mundo próprio de reflexões, balanços de vida, sua crise. Ficou ali, à espera. Nutria um sentimento contraditório sobre aquele momento. A esperança de que alguma coisa nova acontecesse, que superasse a sensação de fracasso que levava consigo depois da longa conversa com o amigo. Por outro lado, perguntava-se se tudo aquilo não teria sido também uma farsa, que não haveria crise alguma, que o amigo arquiteto gostava apenas de ter as pessoas à sua disposição, com a liderança que cultivara desde a juventude e o carisma que ainda carregava aos setenta anos.

Espera um pouco, pediu Júlio.

Disposto a ver o que aconteceria nesse "pouco" tempo pedido, JST esperou. Júlio, no entanto, manteve um silêncio inquietante, um ou dois minutos que pareciam uma eternidade.

Difícil esperar pelo tempo do outro. É como se ver oco, esperando que o outro preenchesse o que você doou a ele, seu tempo, sua percepção, sua emoção.

Júlio, por sua vez, olhava com certa angústia para o amigo que se preparava para sair. Ele o chamara porque se sentia sozinho, a solidão que em muitos momentos não conseguia superar. E nem suportar. Lembrou-se de uma citação sua, na abertura do livro ainda inacabado.

> *Tudo está tão escuro*
> *Eu não consigo te ver.*
> *Estou sofrendo*
> *No peito de Deus.*

Quando JST, desistindo de esperar, reabriu a porta para sair, Júlio retomou a conversa.

Me desculpe. Eu estava aqui refletindo se deveria deixar você ir embora...

E qual é a decisão? – quis saber JST, identificando a postura de Júlio como parte de seu velho hábito de manter as pessoas presas a ele, prontas para servi-lo...

Você me perguntou sobre a política...
E você não respondeu...

JST se mantinha junto à porta, indeciso entre sair ou dar mais aquele tempo para o amigo, um amigo de tantos anos, desde as agitações na Universidade, no início dos anos 1960. Júlio sempre fora mais político, engajado, militante. E ele, mais interiorizado, mais dedicado aos estudos. Nunca gostara das *estranhas e perigosas* ideias do amigo, que conhecera através da primeira namorada, amiga da também primeira namorada de Júlio. Mas tornaram-se amigos. E seguiram amigos por todos aqueles anos difíceis da ditadura militar. E continuaram amigos depois. Uma amizade fora do tempo, independente de ideias, de lutas, de carreiras. Só amizade, sem convivência, sem compromissos, sem ansiedade.

Isso apenas, amizade.

Por um longo tempo ficaram assim os dois, JST junto à porta entreaberta e Júlio no meio de sua sala marcada por tantas obras de arte. Parados, cada um esperando do outro uma revelação que nem precisaria ser verbalizada. Ambos sentiam que entre eles corria um fluxo de décadas de amizade, cumplicidade, compreensão. JST nunca fora um ativista e, na verdade, nunca abraçara o ideal socialista de Júlio. Filho de família rica, viveu a juventude sem dificuldades e sem crítica. Sem raiva do mundo. Mas fora amigo de Júlio todo esse tempo, até mesmo ajudando-o na época do golpe militar, levando-o para um pequeno apartamento, o luxo de ter um apartamento apenas para suas aventuras amorosas.

JST era isso, um amigo. *O que dizer a ele, agora, que ele já não soubesse?* Procurou um novo tom para o que gostaria de dizer.

Sou arquiteto por gosto e profissão. Mas você sabe bem, a literatura e a política correm em minhas veias feito uma droga.

Ou um veneno, ironizou JST sorrindo, contente de ver que havia conseguido destampar a caixa-preta do amigo.

De que vale a arquitetura sem um projeto para a humanidade? Que valem o cinema, o teatro, a literatura, o cinema, sem alguma esperança concreta a nos alimentar a consciência, a luta?

JST manteve-se um tempo em silêncio, medindo a disponibilidade do amigo em escutar e falar de verdade sobre o tema. Júlio dissimulava seus sentimentos, como um recurso, seja para provocar o amigo seja para se defender, escolhendo o terreno da discussão.

Pergunte isso, sobre o valor das coisas que você faz, aos outros. Pergunte a quem o vê, a quem o lê, a quem usa... Cada coisa guarda seu próprio valor, não só o que a liga a outros valores... – arriscou. *O que parece é que você já não vê a política como antes... E não creio que você faz o que faz tentando se libertar. De um lado você já é livre ao fazer, de outro, é preciso confessar, você está mais interessado nos problemas do mundo do que na felicidade. Ou estou errado, há novos interesses?*

Júlio observava o amigo, tentando medir seu próprio interesse em continuar aquela conversa entrecortada de silêncios, medrosa.

JST tinha razão, há muito tempo Júlio vinha cultivando essa visão crítica sobre a política, a vida social. Era como se esse lado de sua vida fosse sendo tirado pouco a pouco, como uma pele, uma roupagem de que vai se despindo, até se sentir nu.

JST esperou.

Mas Júlio preferia silenciar. Não estava tão seguro de que essa seria a grande fonte de sua solidão. *Quem não sonhou jamais vai entender. E para quem sonhou, tudo são lamúrias, falta de saída.*

Precisava retomar sua vida, procurar se entender com Berê. Estava clara a insinuação de JST a respeito da garota, ao perguntar de *"novos interesses"*. Mas deixaria o amigo partir sem falar de Berê. *Melhor assim, ele compreenderá.* Naqueles dias percebeu que precisava dela tanto quanto de respirar. Sua ausência era como um abismo, um convite ao nada, ao desespero, à solidão. Era como a descoberta de um buraco negro no universo, para onde tudo seria jogado. Tudo, falta de saídas, desânimos, frustrações, medos, culpas, enganos, solidão. Era banal, como em qualquer romance, e nem lhe daria de volta tudo o que havia perdido. Mas não podia negar esse sentimento. Quem sabe poderia lhe dar a paz que não havia ainda conseguido?

Quem está comigo está com Deus.

O Pastor, um tanto perplexo com a súbita fuga de Moreno, viu-se repentinamente com a mala de dinheiro nas mãos. Levado pelo instinto, atirou a maleta para debaixo de um dos armários, justamente onde se expunham centenas de exemplares da Bíblia. O que fazer, depois, diante do olhar intrigado daquele costumeiro frequentador de seus cultos, o terrível Deodato?

Não seria ele o famoso homem da Rua 6, da "terça-feira sangrenta"?

Enquanto isso, Moreno conseguira sair da igreja pelos fundos, pulando uma das altas janelas do escritório do Pastor. No chão, o pé direito dolorido pela queda, atravessou o largo terreno onde se via implantada a igreja, o enorme barracão com quase cem metros de comprimento, que chegava até à rua do fundo, beirando o córrego sujo do bairro. Atormentado, sentindo-se em extremo perigo, não titubeou em saltar o muro, atravessar a ruazinha de terra, saltar para dentro do leito do córrego imundo e desaparecer na pequena matinha da igreja, que ainda sobrevivia do outro lado. Aparentemente ninguém o perseguia. Mas tinha que se precaver, até mesmo porque do outro lado da matinha estaria em outro bairro, o vizinho Vale das Rosas, onde nunca vira rosa alguma e onde as ruas eram costumeiramente tomadas pela fúria suja do córrego também chamado, não conseguira saber nunca por que, Córrego das Rosas. Sabia que não se deve circular de bobeira em terreiro estranho. Isso gera desconfianças. Acabaria, mais do que observado, inquirido, questionado: o que estaria fazendo ali? – *estaria procurando alguém, de onde veio, para onde vai, quais seriam suas intenções?*

Seria um risco muito grande.

Por isso estava decidido a esperar a noite para retornar ao seu próprio bairro e pensar para onde ir.

Voltar para casa, quem sabe? Quem sabe as coisas não estivessem assim tão graves, quem sabe o Chefe não teria se irritado tanto com sua indiscrição, quem sabe...

Recostado num banco de praça, a noite passou devagar, o sono atormentado, pesados instantes de horror. Sentia-se abandonado, numa solidão inaudita, vontade mesmo de chorar. Não, não choraria. Haveria de enfrentar tudo e sair daquela situação terrível. E nem podia ficar alimentando esperanças. Bastava para isso lembrar-se do olhar terrível de Deodato na igreja. O "Demônio Negro" não estaria ali por acaso, tinha certeza disso. Pois o sentimento era o de que ele, Moreno, já estaria servindo pouco ao bando e por isso o Chefe o tratava daquela forma, impaciente, provocativo, falando de sua mãe, insinuando coisas. Conhecia bem aquela vida, sabia o que aquilo significava: estava marcado e seria descartado ao menor deslize. E o pior é que havia cometido o esperado erro, chamando o Chefe pelo odiado apelido.

Esforçando-se para não dormir, comparou sua vida com a do próprio Deodato. Deodato gastara sua vida na repartição, como um verdadeiro anjo, pacato, dócil, servil, eficiente, honesto, para depois, aposentado, perceber que nada daquilo servira para coisa alguma e que precisaria retomar sua luta, buscar novas fontes para o sustento adequado de sua família. É quando a vida prega suas novas peças. Os caminhos oferecidos são esses que se apresentaram para Deodato e para o próprio Moreno. Moreno percebia que se enredara nas mesmas armadilhas que Deodato, imaginando que poderia viver tranquilamente à margem de problemas maiores, cometendo apenas pequenos delitos que nunca atrairiam a atenção de ninguém. Pura ilusão. E agora, por ironia da vida, Deodato seria seu perseguidor. No fundo, dois pobres diabos, um perseguindo o outro até à morte por imposições e escolhas acima de suas capacidades de decisão, acima de suas próprias forças, escravos de interesses de pessoas e grupos que sequer conheciam direito.

Moreno sabia o quanto Deodato era perigoso e violento. Bobagem pensar em seduzi-lo pela semelhança de suas vidas. Por mais lógica que pudesse ser sua argumentação, Deodato se manteria surdo, alheio a qualquer argumento, a qualquer razão.

Se a ordem era matar Moreno, Moreno seria morto.

Se a ordem era fazê-lo sofrer, Moreno sofreria.

A *mala*, lembrou-se Moreno.

Lembrava-se da mala que ele, espertamente, havia deixado nas mãos do Pastor para se livrar de Deodato.

O que teria feito o Pastor com a chegada de Deodato?

Não confiava no religioso, assim como não confiava nessas igrejas cheias de promessas falsas, curas duvidosas que ele conhecia bem. E a gana daquela gente pelo dinheiro dos pobres e infelizes crentes. Havia procurado o Pastor porque se via sem saída e, com toda a experiência desses evangélicos nessa questão financeira, *quem sabe o homem não pudesse ajudá-lo a resolver o que fazer?*

Mas com a chegada de Deodato...

Era preocupante. E mais preocupante era a situação da mulher, Lidiana, que certamente chegara em casa às cinco da tarde, com os dois filhos pequenos e sem notícia de Moreno. Era melhor nem pensar. Tinha que se concentrar em resolver sua situação, a mulher e os filhos dependiam dele. Assim, antes de amanhecer, pensou em voltar à igreja, tentar reaver a pasta com dinheiro. Depois passaria em casa e, já havia decidido, pegaria mulher, os dois filhos e sumiriam pelo mundo, ajudados pelo dinheiro que permitiria não só a fuga mas começar uma nova vida em algum lugar bem distante. Pelo caminho, lembrava-se de como havia começado a vida, as dificuldades de órfão, a falta de dinheiro, de tudo. Emocionava-se. Procurava manter a consciência tranquila de que tudo o que fizera trazia a marca de sua luta, a de uma vida melhor para si mesmo, para Lidiana e para os futuros filhos.

Se a vida tivesse lhe proporcionado outras oportunidades que não a desses "pequenos" crimes, quem sabe como estaria hoje?

Existiria essa possibilidade?

Alguém como eu, vindo de baixo, teria realmente como subir na vida, mesmo que seja um pouco só, sem esses pequenos golpes, essas pequenas falcatruas, esses crimes miúdos?

Na verdade, temia a resposta que sua própria consciência insinuava. Sabia que não encontraria, em sua própria consciência, qualquer justificativa para seus atos, suas fugas. Era melhor esquecer. A vida havia passado e com ela suas fraquezas, seus acertos e seus erros. Moreno só lamentava a ingenuidade com que havia encarado esse trabalho. Ele, como Deodato e outros milhares de ingênuos como ele que agarram a primeira tábua oferecida para boiar naquele pântano. Esperara, sinceramente, que tudo ficasse sob controle, que ninguém se interessasse pelo que ele fazia, que ele jamais passasse de um mero intermediário eficiente, discreto, visto pelos vizinhos e amigos como um bom sujeito, bom pai de família, bom marido, bom amigo.

Lembrou-se do fotógrafo Olavo. Antes de voltar à igreja, valia a pena tentar algum apoio. Mais do que nunca, precisava desse apoio. Olavo não haveria de negar, quem sabe deixaria que dormisse em seu apartamento por alguns dias, com a mulher e os dois filhos, deixando passar essa onda, essa guerra que, mais do que nunca, também o ameaçava agora. Pois naquele clima de guerra qualquer morte poderia ser atribuída ao conflito.

Precisava demais desse apoio.

Bem no centro, – lembrou-se Moreno. *Décimo nono andar...*

Moreno já era conhecido na portaria do prédio onde morava Olavo. Como se cumprisse uma tarefa profissional, fizera amizade com o gordo zelador, presenteando-o algumas vezes. Garrafas de vinho barato, balas ou chocolate para os filhos. E a conversa amiga, o futebol, a política...

Tinha que dar certo...

Cheio de esperanças, apertou a campainha.

👤 👤 👤 👤 👤

Que som é esse?

O som estridente soava como um chamado. Olavo procurava se aproximar da luz, sem saber exatamente se estaria acordado ou ainda dormindo.

Maldita luz, maldita luz!

Tinha a impressão de estar com os olhos abertos, no entanto tudo parecia escuro, era-lhe impossível saber se ainda era dia, se era noite. Suas mãos serviam de guias, *sei que ainda estou dormindo, os homens acabaram de varrer a rua ao som da Marseillaise, "o homem", onde estaria "o homem"?*

O estranho som, estridente, parecia um convite à realidade. Olavo, no entanto, mantinha ainda a consciência no sonho, entorpecida, incapaz de decidir sobre o que ouvia.

Que som é esse? – gritava, incomodado.

Moreno, do outro lado da porta, insistia com a campainha. Precisava daquele apoio, o fotógrafo haveria de abrir, dar refúgio a ele e à família por alguns dias. Incomodado com a demora, bateu na porta com as mãos fechadas, uma duas, três vezes.

O som das batidas ecoava surdo pelo apartamento. Sem saber agora o que eram as batidas, mantendo os olhos fechados como quem nada quer ver, Olavo tentava ainda achar uma lâmpada inexistente que cegava seus olhos, atormentava sua inconsciência.

Novamente a cidade parecia tomada pelo conflito.

Tiros, tiros.

Gritos, gritos.

Sons que pareciam vir de todos os lados da cidade, afunilados na janela que dava para a rua. E as sirenes. E mais tiros, mais sirenes enlouquecidas. Para logo em seguida tudo silenciar alguns poucos segundos que pareciam eternos na atormentada cabeça de Olavo.

De dentro do silêncio pipocavam as pancadas na porta.

Claro que estou dormindo...

Former vous bataillon, marchons, marchons...

Agora sim, percebia, pelo tato, que estava próximo à janela que recebia tantos sons das ruas, a guerra da cidade. E era dali que recebia a luz que o cegava.

De novo o som das batidas.

Como se levado pelo instinto, Olavo se aproximou da porta de entrada, buscando a fonte das batidas.

Moreno percebeu quando o olho de Olavo cobriu o visor da porta. Esperançoso, se colocou bem de frente ao visor, buscando facilitar a visão – e o reconhecimento – do fotógrafo. E forçou um leve sorriso.

Olavo, no entanto, estranhava aquela figura deformada que via pela lente do visor. Não sabia ainda se dormia, se tudo aquilo ainda fazia parte de seu estranho sonho. Via, pelo visor, uma pessoa estranha, a cabeça exageradamente grande, o corpo afunilado e os pés minúsculos para sustentarem todo aquele peso.

Quem é?

Sou eu, Moreno...

Moreno? Moreno? Que Moreno?

Como explicar?

Moreno não podia falar ali, do corredor, que era ele, o fornecedor...

Olavo trocou o olho direito pelo esquerdo, que enxergava melhor. Riu de si mesmo, vendo-se no meio de uma guerra e perdido em seu próprio apartamento, navegando entre o delírio de um sonho e alguma realidade que não conseguia entender.

É tudo um sonho ou você existe mesmo?

Sou eu, Seu Olavo, o Moreno, seu amigo. Eu preciso que me abra a porta!

Olavo forçava a vista, deslocava o olho esquerdo buscando o melhor ângulo de vista.

Então me diga se você é real ou é parte de meu sonho!

Sou real... – murmurou Moreno, mais para si mesmo do que para o outro.

Me diga se você é real!

Sou real!

Me diga se é real, prove que é real, você é real?

Sou real! – gritou Moreno, exasperado.

Olavo tirou o olho do visor, incapaz de entender quem era o homem que importunava seu sonho ou que fazia parte dele. Era impossível saber qualquer coisa. A única coisa que sabia é que sonhava coisas estranhas, acordava com tiros, chamados e não sabia mais nada de si mesmo. Desistiu do homenzinho que o chamava e saiu, tropeçando em móveis, derrubando objetos. Atravessou a sala até encontrar, usando as mãos como guias, a estante onde teria guardado o envelope com a história de LHS, o homem *inacabado, impreciso, instável,* de Goiânia. Com o pacote de textos nas mãos, vasculhou o envelope, tirando dali a foto do homem preso, sozinho. Ali estava LHS, dentro da cela, com toda sua estranheza. Mudando a foto de posição, via que a figura de LHS procurava sempre se posicionar na vertical, como se evitasse a queda. Olavo provocava a foto, virava-a de cabeça para baixo e via que LHS permanecia de pé, sempre com a cabeça voltada para o teto do apartamento. Olavo insistia, revirava a foto, colocando-a de lado, vendo que o homem permanecia com a cabeça voltada para o alto e assim ficava, indiferente aos movimentos que Olavo fizesse com a foto. No auge do desentendimento, Olavo virou a foto sobre a mesa, com a imagem para baixo, percebendo que nem assim conseguira domar a estranheza de LHS, que surgia vitorioso no verso da foto, como vencedor de um desafio sem fim.

As batidas na porta se repetiram, insistentes. E Olavo pôde escutar que ainda o chamavam do corredor.

Não, eu não vou abrir porta nenhuma. Não sei quem é você, Moreno. Ouça os tiros, é a cidade em guerra, os cidadãos em pânico, estamos todos perdidos nesse caos. Eu não vou abrir porta nenhuma!

Em grande desespero, abriu outra gaveta e vasculhou seu interior, procurando algum pequeno envelope com a droga. Nada mais. Arrastou a mão pelo fundo da gaveta, levando aos lábios o resto de pó que havia ali, caído de algum pacote já usado.

E meu fornecedor, porra!

Moreno... Agora sei, deve ser você, Moreno. Moreno! Você não disse se era real ou parte desse meu sonho doido. Se for você, o Moreno real, eu deixo você entrar, sei que você trará a paz com seus remédios, suas encomendas.

Com a pouca agilidade que possuía, ainda trombando em paredes, derrubando vasos, Olavo voltou à porta de entrada. E acomodou o olho no visor. Não conseguia ver o homenzinho, abriu a porta.

Já não havia ninguém no corredor.

Merda! – foda-se, Moreno, foda-se!

👤👤👤👤👤👤

Agora, com toda essa esperança perdida, Moreno precisava recuperar as energias gastas naquela estúpida aventura. *Deveria ter pensado melhor, é claro que ninguém se arriscaria num dia como aquele... Em plena guerra do tráfico, ocultar um traficante... Pois é isso o que eu sou, um traficante, um bandido como outro qualquer. As pessoas me querem do lado de fora de suas casas, ocultas, de preferência inexistentes na hora do perigo.* Era preciso urgentemente esquecer tudo e recomeçar, fazer planos possíveis de realizar, agir. Primeiro tratar de reaver a mala com o dinheiro. Não podia abrir mão do dinheiro.

Sem o dinheiro, como poderia fugir dali, viajar para longe, recomeçar a vida?

Sabia que já estava marcado, com ou sem o dinheiro. Então já não havia escolha. Apenas tinha medo de cair como Deodato, que havia quebrado toda uma vida pacata para se tornar um facínora vingativo e cruel. Não queria isso.

Teria alguma chance?

Entrou na igreja e pediram que esperasse numa sala. Tomou uma Bíblia já aberta numa mesinha e a folheou distraído. O texto falava da gênese. E fulano gerou fulano, que gerou sicrano que gerou a um outro, o outro que gerou a um quinto e o quinto nome que gerou a um sexto nome, que gerou a um sétimo nome.

Seriam todos miseráveis como nós todos, morenos, deodatos, jafés, branquelas, silas?

E Agulhinha matou a Simplício e Claudino matou a Jafé que matou a Leontino e Toledinho, Toledinho que matou a Caninana;

Lidiana abandonou Tomé que foi morto por Silas e Silas matou Luiz, filho de Deodato e Deodato matou Pardinho, Marenga, Alanis, Titanzinho, e matou também a Silas...

Ergueu os olhos e só assim viu que o Pastor já estava à sua frente.

A pasta...

O Pastor fazia-se de desentendido.

A pasta?

Claro, a pasta, com o dinheiro.

O homem parecia amedrontado, os olhos inflados, nitidamente querendo se livrar daquela conversa.

Moreno se desesperava. Se perdesse a mala estaria perdido.

O Deodato... balbuciou o apavorado Pastor.

O que é que tem o Deodato, diga logo!

Ele voltou e levou a mala, disse que o dinheiro era dele...

Moreno saiu em disparada pela rua. Precisava chegar urgente em casa, precisava fugir, mais do que nunca, com ou sem dinheiro.

Pegar a mulher, os dois filhos miúdos e desaparecer.

Mas o destino já o esperava com outras intenções.

Tentando fugir, Moreno cairia nas garras de Deodato.

A ARMADILHA

O celular do Chefe tocou apenas uma vez para ser atendido.
Deodato?
Eu mesmo, sim senhor, Chefe.
A voz do Chefe mostrava cansaço, pausada demais. Os últimos dias haviam exigido demais de todos os chefes, monitorando seus homens na guerra com a polícia, controlando, dando ordens.

Não, não foi uma escolha minha, mas atendi ao convite de "irmãos". Era preciso dar uma lição no governo e na polícia. E a lição foi dada, sem muitas baixas de nosso lado. E muitas baixas do lado deles.

Durante muitos dias o Chefe e seus amigos foram donos da cidade, donos de tudo. Poderiam ter feito o que quisessem, mas queriam só aquilo, dar uma lição à cidade. E mostrar que o governo e a polícia eram os culpados de tudo...

Agora, é hora de cuidar de seus interesses...
E então, Deo?
Tudo certo, Chefe, tudo certo.
Encomendou as tábuas?
Tudo encomendadinho, Chefe, do jeito que o senhor gosta.
Mas já deu um jeito nele?
Moreno?... Tô aqui na casa dele, com a família...
Ele está aí com você?
Não, Chefe. Ele não, mas está a mulher com os dois bacuris.
Vivos?
Tudo sob controle. Os bacuris estão até brincando... Se tiver que matar o crime será de autoria do mesmo bando de cinco que matou meu filho e o policial Silas...

Hummmm...e o dinheiro?
Aí tem um pequeno problema, Chefe.
Problema?
A quantia. Quanto devia ser mesmo?
Trezentos mil.
Pois é, só tem a metade.
Metade????
É isso aí. Cento e cinquenta mil...
Filho da puta. Acha que foi ele?
Ou ele ou o Pastor...
Filhos da puta!
O que você quer que eu faça agora, Chefe? – dou um jeito na família?
Espera...

Por alguns segundos, o Chefe impôs seu costumeiro silêncio.

Ao contrário de Moreno e de outros comandados, Deodato não se deixava oprimir por essa artimanha. Conhecia bem os chefes, depois de tantos anos como funcionário de carreira. Deixou então o tempo passar, o silêncio apenas entrecortado pelo som do pigarro e da respiração forçada do Chefe.

Deodato?
Pode falar, Chefe.
Faça depois uma visita ao Pastor. Dê só uma lição. Ele sabe que não pode fazer isso com a gente.
E o Moreno?
Se o encontrar, ligue pra mim antes de qualquer coisa.
Pode deixar. Eu tenho certeza que ele vem aqui, buscar a mulher e os filhos. Ele não tem saída...

ALGUNS DIAS DEPOIS

Animado com o andamento de seu livro e com a súbita paz na cidade, Júlio se lembrou do amigo, JST. Não que o amigo, psicanalista, tivesse resolvido sua crise. Mas quem sabe teria ajudado na formulação do próprio romance. Sabia bem tudo sobre o amigo, sabia de suas crises de solidão, de seu passado, de suas frustrações, de suas conquistas. Conversar com ele sempre ajudava, era um bom amigo. A questão, no entanto, naquele momento, não tinha solução. Precisava do amigo, como em tantas outras vezes. Naquele dia, ao acordar com o pássaro bicando sua vidraça, sabia que teria que decidir sobre sua vida, tomado pela mais absurda solidão. Não queria sucumbir uma vez mais diante do desespero de uma vida vazia, que julgava sem sentido. Ao seu lado, sobre o criado-mudo, uma parte de sua vida, de suas preocupações: a pilha de livros onde sempre tentava buscar explicações para seu isolamento. Pois se em toda sua vida, principalmente na juventude, havia cultivado tantos amigos, provado de tantos amores, tantos encontros de prazer, como explicar agora essa solidão que o consumia em crises cada vez mais frequentes, como naquele dia? Olhou para o arsenal de telas dependuradas nas paredes, sentiu que em cada uma estaria retratada sua solidão, o desejo de levar toda aquela beleza para dentro de si, como um bem, exclusivamente seu, aprisionado ali por seu espírito e suas mãos, em sua sala, sua casa. Tudo seu, um amontoado de solidão que ora parecia valer tudo, ora não passava de um deserto colorido.

JST era mesmo só aquilo, um amigo. Antes que ele saísse, Júlio ainda havia tentado um diálogo, aprofundar uma discussão real sobre sua crise. Pois estava claro, para o próprio amigo, que haviam apenas circundado os problemas. Andaram pelas beiradas de um prato carregado de silêncios e dúvidas de suas vidas. Como falar do desconforto enorme, diante dos desafios e surpresas do mundo atual, depois do fim de suas utopias, depois de tantas lutas e esperanças que carregara desde a juventude?

JST havia saído em silêncio. Mas, como amigo, deixara que Júlio percebesse o leve sorriso com que saía.

Para ele tudo estava bem.

E para mim?

Lembrava-se sempre que deixara o amigo ir embora sem lhe falar sobre Berê. *Deveria ter contado a ele? Deveria ter contado a ele toda a história, inclusive o sumiço de Berê naqueles dias?*

Apesar das insinuações do amigo, resolvera silenciar também sobre essa história. *Dizer que Berê tinha apenas vinte e cinco anos, quarenta e cinco anos mais nova do que ele e "destaque" na Escola de Samba da Vila?* Júlio sorriu, percebendo como essa lembrança lhe fazia bem. Não sabia como o amigo reagiria diante dessa revelação. Se com ironia ou com alguma expressão de amigável compreensão. *Diria que ainda estou na idade do lobo. Pouco importa.* Berê era livre e gostava dele. Davam-se bem. A moça o levava às vezes para a Escola de Samba onde tentava compreender o entusiasmo infantil daquelas pessoas exibindo seus passos, tomados pela alegria de seus corpos seguindo o batuque da bateria. Pés, ritmo, corpo, rodopios, forçando a consciência a navegar por caminhos inesperados. Depois de tanto viver recluso e enrijecido, Júlio havia tentado algumas vezes o difícil e cômico aprendizado do samba. Coisa difícil. Lembrou-se da reação crítica de JST quando Berê cantava o enredo de sua escola de samba:

"O amor nos tempos modernos"
"Naquele tempo, nem tinha telefone
Mas o amor era sempre pra valer
Ceci amava Peri,
E até a Domitília amava o Imperador!
Salve nossos inventores, salve Edison e Dumont
Que criaram uma nova era
Em que buscamos novo amor..."

Procurou imaginar como reagiria o amigo se contasse toda a verdade. Se contasse que ele, Júlio, havia não só escrito aqueles versos e todos os versos do samba-enredo como projetara os dois principais carros alegóricos da Escola. Procurado, aceitara esse desafio jamais imaginado, tudo como Berê lhe pedira, tal o poder de atração exercido sobre ele.

Contar isso seria como uma bomba...

Como negar essa incontrolável atração pela moça?

Ainda mais uma mulher como Berê. Aceitar seu pedido a trouxe para mim...

Folheou alguns dos livros espalhados sobre a mesa. Era onde os depositava, à espera da arrumação em sua biblioteca, ultimamente com a sensual e provocativa ajuda de Berê. Política com política, arte com arte, literatura com literatura. Livros, grandes companheiros de toda a vida, mas que às vezes pareciam tão impotentes diante desse problemático final de sua vida. Abriu um livro, justamente sobre ele, *"A arquitetura crítica de Júlio Santos".*

Crítica?

As fotos sim, eram bonitas. Algumas casas, o Museu da História Brasileira, um teatro, duas casas burguesas. Gostava do que havia feito, *a arquitetura é um jogo de imaginação e oportunidade...*Mas tudo aquilo parecia tão distante, já não alimentava o desejo de novos projetos, novas ousadias. E por isso se voltava agora para sua segunda vocação, a literatura. Era sempre assim, era para os livros que se voltava em suas crises e na falta de trabalho como arquiteto.

Sobre um dos livros, apanhou seu aparelho celular.

A *ponte para o nada*. Ali estava a gota d`água de seu mau humor daqueles dias. Nenhuma ligação, nenhuma mensagem nos cinco dias em que resolvera se isolar em casa. Nenhum companheiro, nenhum amigo. E sem Berê.

Principalmente isso, *sem Berê*.

Havia se desentendido com ela, justamente por causa da história de Moreno.

"*Ele não tem saída...*", assim terminava a conversa de Deodato com o Chefe.

Tudo parecia ir bem, até ali, em seu livro de contos.

Era chegada a hora de Moreno.

Moreno deveria morrer?

Cairia na armadilha de Deodato, voltando para casa para buscar Lidiana e os dois filhos?

Qual deveria ser o desfecho dessa história?

Por essa questão, o destino de Moreno, Berê saíra de sua casa com jeito de quem não voltaria mais.

O DESENTENDIMENTO

Cinco dias antes da vinda do amigo JST, num fim de tarde, Berê surpreendeu Júlio com um diálogo enviesado.

Por que você não escreve mais histórias? Você é bom nisso...

Júlio estranhou a pergunta mas não a levou a sério. Berê tinha mesmo essa mania de entrar em sua vida. E Júlio era mestre em se defender. Era só fingir que não escutava. Abriu o primeiro livro que achou, sobre a mesa da sala.

Mas Berê parecia agora disposta a não desistir.

Eu li os seus contos, todos se passam agora, nessa crise, a cidade tomada pelos bandidos...É como estar vivendo essa guerra duas vezes, nas ruas e nos contos...

Júlio jogou o livro de volta à mesa.

Você ligou o meu computador?

Liguei.

Isso queria dizer duas coisas. Primeiro que Berê confessava ter violado um pacto de respeito à privacidade, exigência de Júlio. Segundo, que aprendera a usar um computador.

E você sabe usar um computador?

Aprendi, – respondeu ela. *Quer ver?*

Não, não agora.

Berê já se preparava para sair, mas, estava claro, queria conversar. Júlio tentava disfarçar o interesse na conversa, simulando um cansaço inconvincente. Com o canto dos olhos, observava aquela garota bonita, encostada à porta de saída. Berê mantinha o olhar fixo em Júlio, deixando claro que não iria embora, de verdade, sem conversar.

Tá bom, Berê. O que é que você quer me dizer?
É sobre o livro.
Você gostou?
Acho muito bom... Não sei como consegue escrever assim, na hora em que as coisas acontecem.

Júlio gostava da garota. E gostava daquele jeito despachado de sua conversa.

Muitos desses personagens já existiam em outros contos que nunca publiquei. Eu fui criando outros personagens e jogando aqueles nessa situação. Para Moreno, por exemplo, usei um conto que não terminei, "Grampo", sobre os diálogos de bandidos gravados pela polícia. Agora eu o situei nessa guerra... E criei Moreno.

Berê não conseguia disfarçar sua impaciência.

Moreno... Eu gostei desse. Mas alguns outros são meio loucos...
Meio loucos?
É, eu estava gostando. Só que...

Pronto, lá vinham as críticas. Júlio conhecia bem esse "só que" dos críticos. Tipo *"ele escreve bem, os temas são bons, mas..."*. Sempre assim. Para falar bem, desancam obras anteriores. Para falar mal elogiam o passado.

Resolveu desviar a conversa, fugindo à crítica.

De que você gosta mais, Berê? Literatura, música, cinema?
Eu gosto mais de música. Na música eles falam de tudo, dos sentimentos, do medo de viver, do medo de amar. E falam muito da alegria, do prazer...
E os livros?
Acho chatos. Às vezes leio livros de sua biblioteca, é tudo chato e sem saída.
E você acha isso de meus contos? Nem estão terminados ainda...

Berê gostou da pergunta que lhe daria a chance de falar, dar sua opinião. Jogou a bolsa sobre o sofá e se aproximou de Júlio com um ar profissional.

Eu queria fazer algumas perguntas.
Diga lá...
A história do Moreno, de que cidade você está falando? São Paulo? Florianópolis, Rio?
Berê, vamos para outra questão... Eu já vivi em muitas cidades grandes, Rio, São Paulo, Goiânia, Florianópolis, Recife e até em Lima, no Peru. Morei em Londres, em Caracas, sempre seguindo construções de meus projetos. Conheci muita gente, operários, mestres de obras, ouvi muitas histórias... E acho essas cidades uma loucura fascinante... E eu queria era falar do Brasil, do mundo. E de mim mesmo...
Tá bom, – concordou Berê.
Júlio percebia bem que ela começava com questões menores, disposta a aceitar as explicações. Era uma estrategista, uma aranha.
Outra coisa...
Lá vem, – pensou Júlio, preparando-se para nova batalha.
Aquele fotógrafo, o Olavo, ... aquilo existe?
"Aquilo"? Posso dizer que sim, eu me inspirei num fotógrafo, excelente fotógrafo, ele me contou sua pequena participação na guerrilha. Ou quase-participação...
E de onde era?
De uma cidade grande...isso não interessa ao leitor. Eu já disse, inventei tudo, até a cidade.
Berê percebeu que ali havia uma barreira. Melhor atacar outros pontos.
E aquela história do homem de Goiás, o conto do homem inacabado, o tal LHS...
Eu inventei tudo isso. "O estranho caso de LHS" já estava escrito, eu não sabia o que fazer com ele e vi que se encaixava perfeitamente nos delírios de Olavo. E já adianto, vivi em Goiás alguns anos...
Berê mal podia ocultar sua impaciência, pouco se importando com as respostas de Júlio. Pouco a pouco chegaria aonde queria.

E também o tal "homem" do sonho do Olavo. São dois? Um é morto, fala de luta armada e é morto num carro, o outro chega de helicóptero, come torresmos com os operários... Eu às vezes pensava que um ou outro podia ser aquele homem da guerrilha...

O Marighella... Pode ser ele, pode ser o Lamarca, o Toledo, pode ser muita gente...

É...mas o outro, o que aparece no bar, come torresmos...

Pelo amor de Deus, Berê. Isso tudo é ficção, não me venha com insinuações...

Berê não parecia disposta a aceitar as explicações de Júlio.

É o que eu li, não inventei nada.

Isso é literatura. Não confunda personagens com pessoas reais.

É que parecem reais...

Isso é um elogio ou uma crítica? diga logo o que você pensa!

Mas Berê não queria colocar Júlio nas cordas ainda. Tinha planos mais ambiciosos. E fez então uma nova pergunta, menos problemática, preparando o salto final.

E esse Moreno... é o rapaz que vem trazer seus remédios?

Júlio a interrompeu com um gesto de impaciência, erguendo a mão. Perguntava-se se não estava abrindo a guarda mais do que devia. Pois Berê era mais esperta do que imaginara. Com seu jeitinho de menina, esbanjando sensualidade, ali, muito próxima das garras do lobo, ia fechando o cerco.

Pode ser... – concordou Júlio, pouco à vontade. *Não é ele, mas pensei nele...*

Então por que você diz que ele é moreno, se o rapaz é branquelo e de pernas compridas?

Eu já disse, repito, é tudo invenção minha! E eu sei que esse branquelo também anda distribuindo drogas aqui no bairro! De casa em casa!

Berê sentiu o peso dessa informação que a comprometia, lembrando-se do dia em que socorrera o rapaz das entregas, que todos conhecem como Branquela, dando-lhe dinheiro para pagar ao chefe do tráfico. Naquele dia pedira dinheiro a Júlio, sem dizer para quê. E muitas vezes tentara pagar o empréstimo mas Júlio sempre se recusava a receber. Isso intrigava Berê.

Júlio saberia do que se passara na cozinha de sua casa, naquele dia, com o desesperado Branquela?

Eles vão me matar!
Calma, maninho, calma.
Eu estou desesperado, Berê...
Eu sei, eu estou vendo...
Minha vida acabou, Berê, eu não tenho como me livrar dessa agora...
Acabou não, querido, não chore. E nem fale tão alto, o doutor Júlio pode escutar.

Naquele momento Júlio se arrependia tanto por ter falado sobre o rapaz das entregas quanto de ter aberto uma chance para a garota intervir em seu trabalho, desde que aceitara ajudar a Escola de Samba da Vila. Ali começaram suas relações com Berê. Tentava não pensar nada de mal de Berê, *mas o certo é que ela avança demais o sinal, mete-se onde não é chamada, um incômodo sem saída.*

Berê percebeu, pelo gesto brusco de Júlio, que havia chegado perto do limite, quem sabe até ultrapassado. Precisava consertar a situação. Segurou a fugidia mão de Júlio e o puxou para si.

Desculpa, desculpa, – implorou ela, com todo o charme de que era capaz, tratando de escapar do episódio com Branquela. Aquilo funcionava sempre. Júlio se viu desarmado, já não era capaz de usar a agressividade como defesa. A aranha preparava seu ataque final.

Berê retomou suas observações num tom de extrema delicadeza, quase sussurrando.

Meu bem, eu gostei demais do seu livro, isso vai virar um livro, não? Eu queria tanto que você o terminasse, imagino o livro publicado, uma capa bonita, você autografando...

Está bem. Eu sei que você tem mais alguma coisa para me dizer e eu quero ter coragem e paciência para ouvir...

Tenho sim, começou Berê, atenta às expressões de Júlio diante do que diria agora. *É sobre a história do Moreno. Eu acho que você carregou demais no final. Eu vi um final desse conto em que você mata o pobre do Moreno.*

Pobre?

Bom, eu tenho pena dele, conheço muita gente como ele. Pessoas que se metem com os traficantes pensando que depois poderão sair numa boa, com alguma grana, a vida feita. E você o mata sem piedade...

Eu não matei ninguém, o que é isso?

Não você, mas é o que você escreveu... Ele chega em casa, entra e dá de cara com Deodato, que esperava justamente que Moreno viesse atrás da família. E que tinha ordens de matar Moreno...

Sem saber bem por que, Júlio começava a se interessar.

Moreno traçou seu destino. Ali não tem essa de "tenho pena dele"... – argumentou.

Mas você não precisa ser o carrasco.

A frase causou impacto em Júlio. Até ali escutava Berê por um certo paternalismo, sem esperar qualquer contribuição real. Mas agora...

Não preciso ser o carrasco..., murmurou, tentando entender o que ouvia de Berê.

É isso mesmo – insistiu ela, aproveitando a brecha na muralha do arquiteto. *Você pode dar uma chance a ele. Não precisa salvá-lo, mas não precisa matá-lo.*

Antes que Júlio conseguisse "administrar" a surpresa, Berê voltou à carga. Acionou o mouse do computador e a tela se iluminou.

Estava ligado..., observou Júlio, percebendo que a garota já o mantinha sob controle.

Vou te mostrar... eu fiz uma sugestão, mudei esse final...

Mudou?

Mudei. Agora Moreno não chega mais. E o Chefe manda Deodato deixar Lidiana e os filhos em paz.

Diante do crescente espanto de Júlio, Berê justificou sua ideia.

Os chefes do tráfico não gostam desse tipo de ação. Pega mal na comunidade. Com Moreno estaria tudo bem, Moreno está condenado, mas com a mulher e os bacuris, não...

Júlio correu os olhos pelo texto, confirmando a mudança.

Deodato?
Olá, Chefe.
Salve, irmão. Você está com ele aí?
Não, Chefe. Ele não, mas está a mulher com os dois bacuris.
Vivos?
Tudo sob controle. Os bacuris estão até brincando...Se tiver que matar o crime será de autoria do mesmo bando de cinco que matou meu filho e o policial Silas...
Faz isso não, Deo. Mulheres e crianças ficam de fora, você sabe de nossas regras. A gente fica mal com a opinião pública... Deixa a mulher e os bacuris fora disso.

Júlio sabia, os "chefes", espertos, não gostavam mesmo que matassem mulheres e crianças. Berê tinha razão e isso era o que mais o incomodava. E era preciso confessar, era bom o texto proposto por ela.

E o que acontece com Moreno? – quis saber ou, quem sabe, colocar a "escritora" contra a parede.

Olha só o que você escreveu, o final da conversa de Deodato com o Chefe. É terrível...

Deodato?

Sou eu, Chefe.

Você está com ele aí?

Moreno? Como eu disse, ele não tinha saída. Veio buscar a mulher e os filhos...

Olha, Deo, se não conseguir resolver com ele a questão do dinheiro, nós temos outra chance...

Outra chance?

É, sempre tem outra chance. O que não pode é ficar assim. É preciso justiça...

O Pastor?

Isso, vamos começar com ele, o Pastor!

Tá bom, o Pastor. E esse aqui?

Moreno? Moreno já era, Deo. Dá um fim nesse sofrimento.

Quer que eu desligue?

Não, eu quero ouvir.

Era mesmo terrível, Júlio tinha que admitir. Incomodado com o impacto dessa leitura de seu próprio texto, esperava agora que Berê viesse em seu socorro.

Você escreveu sua ideia?

Eu não escrevi, só indiquei isso, mas você pode escrever. Por mim quem o salva é a própria esposa, Lidiana. Pra que serve essa molenga? – pois ela escuta a conversa de Deodato com o Chefe, fica sabendo que o Pastor teria ficado com a metade da grana. Pois ela sabia que o dinheiro não estava com o marido! Então, quando saiu, sabia também que tinha um tempo, pois Deodato primeiro ia procurar o Moreno.

Júlio não conseguia esconder seu problemático interesse pela proposta de Berê. Ouvindo-a, era como um leitor hipnotizado pelo entusiasmo e alegria daquela narradora que o socorria, oferecendo-lhe uma nova prisão...

Ela foi procurar o Pastor?

Claro! Foi lá, pressionou o Pastor, contou a ele o que ouvira na conversa de Deodato com o Chefe. E convenceu o Pastor a entregar a ela o dinheiro, prometendo livrá-lo do castigo que Deodato certamente lhe aplicaria se continuasse com o dinheiro.

E o Pastor acreditou...

Lidiana conhecia bem esse mundo, sendo casada com Moreno. Sabia do pavor que todo mundo sente diante de ameaças de bandidos. Mesmo assim ainda deixou algum dinheirinho para o Pastor.

Esperta...

Então?

Agora eu é que faço uma pergunta, – provocou Júlio.

Berê esperou, feito uma colegial diante do professor.

Como é que Lidiana ia se encontrar depois com Moreno?

Berê sorriu, feliz.

Mulher, mesmo uma Lidiana, sabe lidar com essas coisas mais do que homem. A história devia seguir assim: Moreno vai chegando em casa e, por sorte, vê Deodato saindo. Moreno foge sem ser visto. Lidiana dá um tempo, vai à igreja, pega o dinheiro do Pastor...

E vai para onde? – perguntou Júlio, sem conseguir se conter, como se ele agora fosse o leitor e Berê a escritora.

Aí é que vai a sabedoria feminina. Por iniciativa dela, eles tinham sempre um local secreto para se encontrar num caso desses. Ela sabia das coisas! – finalizou Berê, quase gritando de alegria.

A euforia incontida de Berê pareceu despertar Júlio de algum sonho pesado. Ela o abraçava, feliz, e ele, de forma grosseira, a afastou de si. E antes que Berê se refizesse daquela inesperada reação, Júlio resolveu agir, mostrando a ela que sabia mais das coisas do que ela poderia supor.

Eu ouvi a sua conversa com o Branquela, na cozinha.

Berê silenciou, o olhar severo sobre Júlio. Ali estava a verdade que Júlio ocultara todo esse tempo. Era imperdoável.

Seu nome é Mauro, você sabe disso...
Vamos chamá-lo de Branquela, é assim que ele é conhecido...
Ele estava desesperado, eu precisava ajudar.
Eu vi que você deu o dinheiro a ele.
Dei mesmo.
E sei que era para pagar o chefe dele no tráfico.

Berê não podia compreender a reação de Júlio. *Como podia ter passado, em instantes, de uma grande alegria, mesmo que contida, para tanto constrangimento, esse sentimento doloroso de perda? Como foi possível, de tão perto havia instantes, tornarem-se tão distantes como agora, como dois estranhos?*

Júlio estava decidido, precisava escapar das garras de Berê.

Sei também que se ele não pagasse, o chefe o mataria..., reafirmou ele, procurando transmitir uma segurança que, de fato, não possuía naquele momento..

Um silêncio pesado agora os dividia. E nenhum dos dois encontrava a saída para tão incômodo desentendimento.

Você ouviu... e mesmo assim me deu o dinheiro, murmurou Berê, já sem esperanças.

OS DOIS FINAIS

Berê foi embora e Júlio achava que ela não voltaria mais, depois de passados cinco dias sem notícias. E enquanto ela não voltava, mergulhou numa crise sem saída, muito acima da crise na qual vivia permanentemente, como se essa estivesse esperando apenas um motivo para se instalar. Em todos aqueles dias, dias de uma guerra sem fim na cidade, não teve coragem de procurar a garota. Pensava em ligar para ela, desistia, temendo uma rejeição que o afundaria ainda mais em seu pântano. Se ligasse, pediria desculpas e até diria que, depois de passado o choque, havia decidido aceitar suas sugestões. Cederia. Sem coragem para isso, tomado pela solidão e falta de saída, precisou, mais uma vez, da generosidade do amigo JST. Pois bem sabia que seu comportamento com Berê fora não contra ela, mas contra si mesmo. Agora, emocionado, se lembrava do brilho nos olhos de Berê, o entusiasmo quase infantil com o que dizia, quando tentava convencê-lo de suas propostas para o livro.

Isso, em primeiro lugar, mostrava que a história a havia conquistado, que o texto era, – ou podia ser bom. Mas havia outra questão, embutida na frase *"você não precisa ser o carrasco, não precisa matar o Moreno".*

Se a questão pudesse ser dita com minhas palavras, eu diria: eu não preciso colocar a minha falta de saída na vida de meus personagens! – E teria que agradecer a ela, não apenas pelas sugestões, mas por ter salvado meu romance do abandono?

A questão ficava sem resposta, mas Júlio deixava que o corpo o conduzisse, fazendo alterações no romance, adequando o final como Berê sugerira. O mais importante era que Berê havia voltado.

Graças a Deus Berê voltou. E o que ela ainda não sabe é que transformei o livro num romance, criando relações entre os personagens dos diversos contos, principalmente entre Moreno e Olavo. De qualquer maneira devo isso a ela. Seja por sua ausência, seja pelo seu retorno.

Uma chance para Moreno, é o que ela queria. Certamente tocada pela história de Branquela e de tantas outras pessoas comuns que ela conhecia e que, para ela, mereciam uma nova chance.

Agora, Deodato não mata nem Lidiana nem os filhos. Moreno, chegando em casa, percebe a presença de Deodato e seus homens. E foge. Deodato percebe, sai em sua perseguição, mas Moreno escapa. Lidiana vai ao Pastor, fala do risco que ele corre ficando com o dinheiro. O amedrontado Pastor entrega a ela não o total, mas cento e quarenta mil reais. Lidiana faz que não percebe a falta dos dez mil. Ficaria para Deus. Precisava agora se encontrar com Moreno onde só eles sabiam: a casa de um amigo, padrinho de seus dois filhos, o taxista Adroaldo. E é Adroaldo que os leva embora naquele mesmo dia, em seu táxi. Moreno, Lidiana e os dois filhos escapam assim de Deodato. Só o futuro dirá se conquistaram, de fato, o direito à vida e à liberdade.

Lavando o rosto, evitava o espelho. Ali mesmo tivera a ideia inicial do romance, muito antes da guerra dos traficantes, num momento de diálogo com sua própria imagem. Diante do espelho vivera uma experiência desconcertante. Terminando de fazer a barba, havia sentido um breve estranhamento frente à sua própria imagem.

Era como se aquela imagem tivesse se transformado em outra pessoa. Deixei o rosto molhado e fiquei um tempo a me examinar. Parecia uma loucura, mas eu tentava ver se aquela imagem podia ter vida própria. Afinal, ela era tão efêmera quanto eu. Naquele dia fiquei em casa, tomado pela experiência, apesar de julgar tudo inútil e sem sentido. Mas como me livrar daquela sensação de estranheza? Busquei meu celular e, ocultando o aparelho, para que não fosse visto no espelho, fotografei minha própria imagem. O resultado era mesmo estranho, pois via ali uma foto que poderia ser minha, como tantas outras que muitas vezes fazia de mim mesmo afastando o celular com o braço esticado. Não; ali, o "outro", fotografado, aparecia com os braços caídos e a expressão vazia de quem apenas esperava que o fotografassem. E não havia ninguém mais ali. Só eu, Júlio dos Santos. E minha imagem. Imaginei então esse personagem preso em seu espaço, reflexo do meu, aprisionado por aquela inexplicável ilusão, dramaticamente desligado do mundo, às voltas com seu próprio desespero e a lógica que guiara sua vida até ali. Desse instante nasceu, finalmente, a ideia central do livro de contos. Uma ideia que não ganhou um corpo próprio, diluindo-se feito remédio e veneno por todas as histórias graças ao cerco daquela estranha guerra.

Mas agora, o que estaria dizendo sua imagem depois de ter a história reescrita com a intervenção de Berê? Temia a resposta. No fundo da alma teimava uma inquietude que ameaçava jogar por terra toda a fragilidade de sua alegria. Em vão tentava abafar o desejo imperioso de dizer que precisava dela, que sem ela mergulharia numa solidão a cada dia maior, mais insuportável. Estava clara sua fragilidade diante de Berê e de sua própria vida, de sua imagem.

Deixar outra pessoa decidir o destino de meus personagens é sinal dessa fragilidade... O que significaria isso? E por que aceitara? A solidão? Estaria irremediavelmente prisioneiro de sua própria solidão?

Tomando coragem, ergueu os olhos e encarou sua imagem no espelho. Depois de um longo exame do que via, os pensamentos percorrendo tantos anos de lutas, desenganos, erros, acertos. Via ali um homem carregado de histórias e que atravessara uma longa vida com galhardia e dignidade. *Sim, aceitara as propostas de Berê. O romance teria esse final aberto, sem o fatalismo da morte de Moreno. O leitor que julgue, já que conhece a ideia original e a alteração desse final. Que decida sobre o destino de Moreno. Que decida se ele merecia essa nova chance. E pouco importa o que escolherem. Eu criei esses personagens, cada um que os imagine como quiser, cada um que escolha se Moreno morre ou se salva nessa selva urbana. Uma chance ele terá, graças à Berê!*

Júlio se surpreendeu com o súbito sentimento de alegria que essa decisão provocava.

Meu Deus, a alegria! Há quanto tempo, quanto tempo!

Abriu a grande janela de sua sala, embebendo-se da repousante paisagem que podia ver da varanda de sua casa, a floresta carregada de cores e de vida. Lembrou-se de seu pai, emotivo, entusiasta, entregue às forças da natureza, agradecido aos deuses que controlavam o universo e sua própria vida. Sentiu que, como seu pai, perseguia essa alegria, desejava sempre que sua alma buscasse o abrigo dessa paz, uma paz que pudesse superar, em cada instante, o terrível drama de viver.

Um pássaro colorido, pousado no cume de uma árvore, olhava desconfiado para a varanda da casa. Belo, livre e pronto para escapar de qualquer ameaça. Júlio o espantou, com sua alegria, fazendo-o voar para que o pássaro exibisse sua beleza, sua liberdade e o desejo de viver. Sabia que essa alegria não duraria mais do que o efêmero voo do belo pássaro. Por isso se entregava tão completamente a essa visão, a essa sensação de liberdade. Lembrou-se de seu personagem, Moreno, com o recorte de jornal, os jovens em conflito com a polícia, que Júlio tirou de uma foto real, estudantes em protesto em algum país latino-americano. Ali estava o enigma da palavra "Pueblo". *Algum dia Moreno, se sobrevivesse como quis Berê, chegaria a saber o que significava essa palavra?* Voltou sua atenção para o pássaro, imaginando que a melhor trilha sonora para aquela visão seria o som libertário de sua própria juventude nas ruas, como aqueles jovens do jornal, sonhando com um mundo melhor.

O pássaro desapareceu lentamente no céu claro e Júlio, então, se lembrou de sua mãe. Havia falado de sua morte ao amigo JST. Mas agora, em silêncio, com a alma soberana, pediu à mãe que o perdoasse. Não saberia dizer por que havia se lembrado dela, procurando apenas um motivo para chamar o amigo psicanalista. Nunca havia lhe falado nem sobre a mãe, nem sobre seu pai. Eles que já estavam, há muitos anos, no céu que acreditavam existir.

FIM

Este livro foi composto em fonte ITC Slimbach e impresso pela Orgrafic Gráfica e editora para a Editora Prumo Ltda.